D1882922

अक्षि मंच पर सौ सौ बिम्ब

अक्षि मंच पर सौ सौ बिम्ब

अल्पना मिश्र

वाणी
प्रकाशन

प्रकाशन के उत्कृष्टतम 60 वर्ष

प्रथम संस्करण : 2023

vaniprakashan.com

वाणी प्रकाशन

4695, 21-ए, दरियागंज, नयी दिल्ली-110 002

फ़ोन : +91 11 23273167, 23275710

शाखाएँ

अशोक राजपथ, पटना-800 004, बिहार

कॉफ़ी हाउस कैम्पस, महात्मा गांधी मार्ग, इलाहाबाद-211 001, उत्तर प्रदेश

महात्मा गांधी अन्तरराष्ट्रीय हिन्दी विश्वविद्यालय, वर्धा-442 001, महाराष्ट्र

36/ए, शेक्सपियर सरणी, रानी बिरला गर्ल्स कॉलेज के पास, कोलकाता-700 017, प. बंगाल

sales@vaniprakashan.in
vaniprakashan@gmail.com

Akshi Manch Par Sau Sau Bimb
by Alpana Mishra

ISBN : 978-93-5775-477-4
Novel

© लेखिकाधीन

मूल्य : ₹ 395

इस पुस्तक के किसी भी अंश को किसी भी माध्यम में उपयोग करने के लिए प्रकाशक से लिखित अनुमति लेना अनिवार्य है।

आर. टेक ऑफ़सेट प्रिंटर्स, दिल्ली-110 032 में मुद्रित

वाणी प्रकाशन का लोगो मक़बूल फ़िदा हुसेन की कूची से

भूले-बिसरे समय के नाम....

दिमाग़ी क़ैद

अजीब है, मैं घड़ी तक देख रही हूँ–बिल्कुल साफ़ सवा दस बजे हुए दिख रहे हैं। लेकिन शरीर हिल भी नहीं रहा...किसी को बुलाने की, ज़ोर से चीख़ने की कोशिश कर रही हूँ पर पता नहीं कैसे आवाज़ भीतर से बाहर नहीं आ रही, चीख़ गले से मुँह तक आती हुई लगती है पर बाहर नहीं जा रही...मेरे कमरे का दरवाज़ा खुला हुआ है, लेकिन बाहर का मेन डोर मैंने ख़ुद बन्द किया था...बस, पन्द्रह मिनट का आराम करने को लेटी थी और...इसी पन्द्रह मिनट ने मुझे जाने किस तरह से जकड़ लिया है...पता नहीं कौन-कौन बतिया रहा है...ज़ोर-ज़ोर से बातों की आवाज़ साफ़ आ रही है...समझ में नहीं आता कौन-कौन है...कुछ पहचान में आता है कि इतने में सब गड्डमड्ड होने लगता है...आवाज़ें एक-दूसरे से टकरा रही हैं...मुझे साफ़ सुनायी पड़ रहा है...कौन? मैं पूछने के लिए उठना चाह रही हूँ...हाथ-पैर ज़बरदस्ती खींच रही...पर सब मेरी कोशिश के बाहर हो गया है...आवाज़ें झगड़े की तरह बढ़ती जा रही हैं...कौन है?...इतनी तेज़-तेज़ क्यों बोल रहा? अचानक मेरे सिरहाने एक जवान होता लड़का आकर खड़ा हो गया है...मैं सिर मोड़कर देखना चाहती हूँ, नहीं मोड़ पाने से छटपटाहट और बेचैनी बढ़ती जा रही...गीत! गीत! मैं गीत को बुलाने की हज़ार कोशिश से पसीना-पसीना हो रही हूँ...गीत तो नहीं मेरे सिरहाने? तो बोलता क्यों नहीं? इतने चुपके से क्यों खड़ा है...उसकी बग़ल में छाया की तरह किसी लड़की की आकृति लग रही...कोई पन्द्रह-सोलह साल की उम्रवाली...सिर घुमाकर देखने की कोशिश में लगी हूँ...लगता है लड़की मेरे हाथ को छू देगी... मेरे हाथ को क्यों छूना चाहती है? क्यों? पीछे क्यों खड़ी है? गीत नहीं है क्या ये? क्या करने जा रही ये? मुझे रोना आ रहा...मेरा रोना, चीख़ना...सब मेरे भीतर की तरफ़...और इधर देखो, इधर तो मेरा सिर है...आँखें खुली हैं, घड़ी बार-बार देख रही हूँ...किसने मेन डोर खोला होगा...कौन लोग अपने जूते-चप्पल की धमक के साथ चले आ रहे...कोई आदमी इधर ही आ रहा मेरे कमरे की तरफ़...वह बग़ल

के दरवाज़े में घुस गया है...मैं उसे नहीं दिखी, शायद उसका ध्यान नहीं था मेरी तरफ़...और ये कुर्सी पर कौन बैठ रहा है...कोई औरत है...वहाँ क्यों बैठ रही... साड़ी पहने है, बोले जा रही...लगता है नाराज़ है, सारी दुनिया का ग़ुस्सा निकाल रही...और ये मेरे किचन के पास कुर्सी खींचकर कौन बैठ रहा...अब ये कौन चल रहा? उस दूसरे कमरे में गया आदमी सूटकेस लेकर बाहर निकला है और जाने क्या बोलता हुआ चला जा रहा है...अचानक जा रहा है! मेरा ग्रे वाला सूटकेस लेकर, वही तो है एक मेरे पास...चला कैसे गया? मेन डोर खुला था क्या? और उसका श्रवणयन्त्र कान से निकलकर यहीं, मेरे कमरे के पास गिर गया है...कैसे गिर गया... कोई उसे उठाकर दे क्यों नहीं रहा...कैसे सुनेगा...मैं उठने के लिए, उसे देखने के लिए, उसे रोकने के लिए बेतरह हाथ पाँव चला रही...पर शरीर वहीं का वहीं... ज़रा-सा नहीं हिला...गीत, गीत, मैं चिल्लाना चाहती हूँ कि रोने की हल्की-हल्की आवाज़ आ रही...किचन की तरफ़ कुर्सी खींचकर बैठा आदमी रो रहा है...धीरज, धीरज, मत रोइए सब ठीक हो जायेगा...उसे कुछ नहीं सुनायी पड़ रहा शायद...रोना इतना मद्धम, इतना मंद्र...उसमें उस औरत की आवाज़ मिल जा रही...झगड़े वाली आवाज़...रोने में झगड़ा...हे भगवान! ये पापा कहाँ से चले आ रहे? और उस कोने में क्यों जा रहे? जाने किस बात पर वे भी ज़ोर-ज़ोर से बोल रहे हैं...लगता है, कोई बहस चल रही...धीरज रोना रोककर बहस कर रहे हैं...रोने वाली बहस...मैं भी जानना चाहती हूँ...मेरे सिरहाने वाली लड़की हिली है...नैना, जाओ, जाओ, धीरज को बचाओ, वे सुसाइड कर लेंगे...जाओ...लड़की दीवार से टिककर खड़ी रह गयी है...जाती क्यों नहीं...डॉ. सूजा ने कहा था...क्या कहा था? अभी याद क्यों नहीं आ रहा...घड़ी देख सकते हैं...आँख खुली होगी...और क्या? हाँ, नींद में आपका ब्रेन थोड़ी देर के लिए पैरालाइज्ड हो जाता है...स्ट्रेस मत लीजिए...स्ट्रेस...स्ट्रेस...ब्रेन से कहिए...कहिए...रिलैक्स, रिलैक्स...मैं लड़की की तरफ़ सिर घुमाकर कहना चाहती हूँ रिलैक्स, रिलैक्स...सिर नहीं घुमा पा रही...देखो, पापा किधर जा रहे... बालकनी है उधर, बहुत छोटी रेलिंग लगाया है...गिर जायेंगे...पापा देखकर चलते नहीं...धीरज, रोको उन्हें...अरे, ये साड़ी वाली औरत बोले जा रही...रोकती क्यों नहीं...अभी तक दस बीस ही बजा है...घड़ी बन्द हो गयी क्या...मुझे सब दिख रहा...मेरी आँखें खुली हैं...

डॉ. वी. सूजा की सलाह

नीली को डॉ. वी. सूजा ने अपने सपने एक कॉपी में लिखते रहने की सलाह दी है। चाहे दिन के सपने हों या रात के। जागते के हों या नींद के।

स्लीप पैरालिसिस के अटैक बढ़ रहे हैं। नीली ने कोशिश की है–रात-दिन एक कॉपी और क़लम अपनी छाती से चिपकाये...लिखती है...कुछ पकड़ में आते हैं, कुछ छूट जाते...

रपटीले जो ठहरे...

आसमान से टपका–पहले दिन का पहला क्षण

मृत्यु!

ख़बर झटके की तरह गिरी थी।

हालाँकि हम सब जानते थे कि एक न एक दिन यह ख़बर पहुँचेगी।

फिर भी जब यह आयी तो झटके की तरह ही।

हम झटके से गिरी ख़बर उठाते हैं।

अपने दिमाग़ को एक-दो पल के लिए 'सन्न' जैसा पाते हैं। 'हकबका जाना' शायद इसका कुछ ठीक-ठाक भाव हो सकता है।

फिर 'अचानक' के झटके से निकलकर 'हरकत' की तरफ़ आना होता है...

क्या ले जाना है? कपड़े वग़ैरह...

कितने दिन रुकना है? कौन सी गाड़ी पकड़नी है?...

दु:ख, कुछ बाद में आता है।

ठिठका खड़ा, उस 'बाद' का इन्तज़ार करता!

'बाद', जो ज़िन्दगी भर चलता चला जाता है, कभी गहरा, कभी धुँधला होकर...

कितनी ही बार ऐसे पड़ाव आते हैं, जब आप इस दु:ख के साथ को इनकार कर जाते हैं...

बावजूद इसके वह पास खड़ा इन्तज़ार कर रहा होता है...

दु:ख, जो बाद में आना था...

हकबका जाने के बाद...

क्या आदमी, जो अभी एक सूचना की तरह झटके से गिरा, अकेला चला गया था? अकेला कौन जा पाया ?

पिता भी अकेले कहाँ गये? इतने, इतने जीवन की सलवटें मृत्यु के समय उनके माथे से ज़रा कम न हुईं...

तमाम जीवन उनके साथ-साथ...तमाम लोग...वे तमाम दृश्य, जो उनसे नाभिनाल जुड़े रहे...वे उदासियाँ, वे बहादुरी के छोटे-छोटे तिनके जैसे कालखण्ड, वो क़िस्सों से रचा-बसा समय, वो रिश्तों की गाँठें, कुण्ठा से उपजा न जाने कितना टुकड़ा-टुकड़ा ग़ुस्सा, वो मुट्ठी भर प्रेम को छिपाये रखने का जतन...एक पूरा का पूरा संसार लिये-दिये...

बहुतों को अपने समय के कालचक्र में लपेटे, घिसराते निकल पड़े...

और

बहुतों के पास कभी अखरते हुए, कभी रिसते हुए, कभी ज़रूरत बने, कभी खटकते...जीवित संसार का हिस्सा बने रह गये!!!

आदमी का न होना, हमेशा 'न होना' नहीं होता!

उसके जीवन का अधिकांश यहीं, स्मृतियों के बाहर-भीतर होता बजता रहता है—कभी गहरा, कभी धुँधला...

हमारे व्यवहार में, हमारे रोने में, हमारे हँसने में...अनजाने कितना ज़्यादा अभिव्यक्त होता हुआ...

"ये बैग साथ नहीं जा सकता।"

"क्यों? ये तो पाँच किलो वज़न से कम है।"

"मैम, फ़्लाइट केबिन में जगह नहीं है। सबका बैग रोक रहे हैं। लगेज में जायेगा। उतरने पर आपको मिल जायेगा। डोंट वरी, मैम।"

"लेकिन मुझे ज़रा जल्दी है। लगेज कलेक्ट करने में देर हो जायेगी। आज ऐसा नहीं कर सकती। आज मेरे फ़ॉदर..."

मैं इसके आगे नहीं बोल पायी। मैं यह कहने से बचना चाहती थी कि 'मेरे पिता मेरा इन्तज़ार कर रहे होंगे' या कि उनकी देह के भीतर, कोई क्षण ठिठका हुआ होगा कि मैं आकर उन्हें देख लूँ या वे मुझे देख लें कि...

विमान के उस कर्मचारी ने मेरा बैग मेरे हाथ से खींचते हुए लेकर किनारे रख दिया। उसके चेहरे का न भाव बदला, न आत्मा में कोई हलचल हुई।

वह अपना बहुत कुछ खोकर यहाँ खड़ा था—मसलन अपनी देह पर निशान छोड़ने वाले संचारी भाव...कायिक चेष्ठाएँ...भीतर का मन...एक ख़ाली शरीर से वह ड्यूटी किये जा रहा था...

तब मैंने देखा कि वहाँ पहले से कई बैग रखे हैं यानी कि मुझसे पहले भी कुछ लोगों का बैग रोका गया था। इससे पहले मेरे साथ ऐसा कभी नहीं हुआ था कि मेरा बैग, जो कि आसानी से विमान के केबिन में जा सकता था, अचानक रोक लिया गया हो!

कितना कुछ अचानक हो सकता था!

अचानक, मानव जीवन का एक असली हिस्सा था, जो ऐसे ही किसी क्षण में चमककर अपनी उपस्थिति जता देता था। वह ग़ायब लगता था, पर होता हमारे साथ था।

जैसे कि अभी, इस क्षण में वह कूदकर आया और अपना होना साबित कर गया!

अब मैं बिना बैग के थी, अपना छोटा-सा पर्स गले में टाँगे, विमुक्त-सी...

ख़ाली ख़ाली-सी या पता नहीं किस अजीब से ख़यालों से भरी हुई...

पहले क्षण के बाद का दिन

"तुम्हारा फ़ोन सायलेंट पर था। मौसी का फ़ोन चार बजे से आ रहा था।"

मौसी का फ़ोन? चार बजे से? गीत के पास क्यों?

गीत मेरे पायताने बैठा था। कुछ परेशान-सा। मैं झटके से उठ बैठी। फ़ोन उठाया तो बहत्तर मिस्ड कॉल थे। अलग-अलग नम्बरों से। आजकल नींद न आने की बीमारी से फ़ोन सायलेंट पर कर देती हूँ। अचानक रात-बिरात किसी भी वक़्त मैसेज की कोई बीप या सन्देशों की कोई टोन या रोशनी का कोई सहसा चमका टुकड़ा नींद उखाड़ देता और नींद कोपभवन में जा बैठती...ऊपर से अधनींद में स्लीप पैरालिसिस का डर अलग खाये जाता है, पता नहीं इससे कब जान छूटेगी...

"क्यों?" मेरी आँखों के इस प्रश्न का जवाब गीत ने बहुत सावधानी और धैर्य से दिया।

"चाय पी लो, बना दी है। फिर बताता हूँ।"

"नहीं, अभी। क्या हुआ?"

मेरे ध्यान में मेरे पिता उतर आये। ध्यान में आयी उनकी तस्वीर ताज़ी नहीं थी–पुरानी, उनके ताक़त के दिनों के ज़माने की–लम्बी देह, अजानु बाँहें, चौड़ा सिलवटों-भरा माथा...चिन्ता की गहरी रेखाएँ, जो अब तक ज्यों की त्यों बनी हुई थीं–सिल्क का क्रीम कलर का कुर्ता और मलमल की धोती पहने चलते हुए पिता...

पूरे परिवार के मन में किसी न दिखने वाले कोने में उनकी मृत्यु का एक बेचारा सा इन्तज़ार लटका था–अदृश्य इन्तज़ार, अस्वीकृत इन्तज़ार, पर इन्तज़ार ही...

"तो क्या?"

"हाँ, वही।"

गीत में यह क्षमता थी कि तमाम अनकही बातों को, उनके बारीक धागों के बीच से खींच लेता था।

"क्या बीमारी?" मैं हकबकायी। एक क्षण को लगा मेरा दिमाग़ 'सुन्न' हो गया है। फिर अपने ही हाथ से अपना माथा सहलाने लगी। गीत ने मुझे गले लगा लिया। उसे पता है मेरी बीमारी कब न मुझे क़ैद में जकड़ ले।

"पता नहीं। ऐसा कुछ नहीं कहा। मेरी सुपर मॉम, जल्दी से चाय पीकर फ्रेश हो जाओ। तब तक मैं टिकट देखता हूँ।"

"टिकट!" मैंने ठिठककर कुछ दूर खड़े दुःख को देखा और 'हरकत' की तरफ़ बढ़ी।

हड़बड़ाते हुए मैंने मुँह हाथ धोया। गीत ने इस बीच दो ब्रेड के बीच चीज़ स्लाइस रखकर सैंडविच बना दी।

जल्दी से कुछ कपड़े बैग में डाल लूँ, पता नहीं कितने दिन रुकना पड़े? जब तक आदमी जीवित है, तब तक तो रुकने का मतलब है, उसके जाने के बाद–? रुकने का भी कोई मतलब चाहिए? जो पीछे छूट गये हैं, उनके लिए, उन्हें ढाढस बँधाने के लिए रुकना चाहिए...

तभी मुझे माँ का ख़याल आया–रोती हुई, बीमार-सी दिखने वाली, रुक-रुककर पानी पीती हुई और लोगों के घेरे में घिरी दुःख का माहौल ओढ़े...

अल्मारी से कपड़े निकालते हुए हाथ गड़बड़कर जाते थे–सिर चकराता-सा लगता...

"अच्छे कपड़े रखना। वहाँ लोग आये होंगे।"

मुझे अपने बच्चे की समझदारी पर भरोसा हुआ। बीस मिनट में मैं तैयार थी। गीत का बनाया ब्रेड सैंडविच मैंने सिल्वर फ़ॉयल में लपेटकर अपने छोटे से पर्स में डाल लिया।

"टिकट मोबाइल पर भेज दिया है। कैब आने वाली है। हिम्मत रखना। बी योरसेल्फ़।"

कितना मैच्योर हो गया है गीत! कितना बड़ा!

परिस्थितियाँ मनुष्य को गढ़ती हैं, समझदार बनाती हैं। समझदार हो कर मनुष्य परिस्थितियों को गढ़ने लगता है।

"रख लो, वहाँ ठण्ड यहाँ से ज़्यादा होगी। एटीएम कार्ड?" गीत ने मेरे हाथ में मेरा जैकेट थमाया था।

"हाँ, है।"

और तब तक यानी विमान में, अपनी सीट पर बैठने तक, मैं कुछ देर के लिए ही सही, भूल चुकी थी कि अपने ही भीतर के एक भाव को मैंने स्थगित कर रखा था–दुःख!

दु:ख, जो आ जाने के बाद किसी को इतनी आसानी से छोड़ता भी नहीं।

वह आया–समन्दर के भीतर का खारा नमक लिये दिये आया...

जाने कब वह मेरी आँखों के कोटरों में भरने लगा और जाने कब एक बूँद उससे विलग होकर बाहर छिटक आयी–

एक बूँद, जिसे मैं उतनी ही जल्दी भीतर ठेल देना चाहती थी, पर जो जबरन उमड़ पड़ना चाहती थी...मेरी बग़ल से एक एयर होस्टेस गुज़री, उसे रोककर मैं बहुत कुछ कहना चाहती थी...जैसे आज के दिन की शुरुआत...लेकिन मेरी आँखों के आगे धुँधलका-सा छा गया, वह मेरी बग़ल से गुज़रती चली गयी लेकिन धुँधलके में बड़ी देर तक ठहरी रही...

फिर कोई लड़का एयर होस्टेस आया और हाथ में उठाये कुछ सामान को एक सीट पर रखकर तरह-तरह के हाव-भाव से विमान में सावधानी के नियम बताने लगा...लगा जैसे वह समुद्र के जल में हाथ चलाते हुए तैर रहा है–धुँधला और जल के रंग का...

पूरा विमान पानी में डूबा था, एक ऐसा स्वीमिंग पूल, जिसमें ऊपर तक भरा पानी हल्का-हल्का हिलता है...ऊपर जल...नीचे जल...सर्वत्र जल-ही-जल...लोग उसमें कैसे चुपचाप बैठे हैं, जैसे वह कोई समाधि की जगह हो...

पानी के भीतर वनस्पतियाँ और जीवन खदबदा रहे थे।

जब वह धुँधला और जल के रंग में डूबा लड़का विमान सुरक्षा के आख़िरी नियम पर पहुँचा, उसी वक़्त समन्दर से बिछड़ी एक बूँद मेरे अँगूठे पर गिरी–'टप्प...'

लगा आकाश से एक गेंद गिरी है–'टप्प...'

उसकी आवाज़ ने अचानक पूरे विमान को चौंका दिया–'टप्प!'

ऐसे मुश्किल से क्षण में मुझे गीत की बनायी सैंडविच याद आयी। तो क्या भूख किसी भी ऐसे क्षण में हमसे दूर नहीं हो पाती–क्या हमारे पेट का सिस्टम तब भी एकदम पहले की तरह चलता रहता है?

पानी की भीतरी सतह से किसी ने मानो मुझे ऊपर खींचा–कुछ-कुछ साफ़...

मानो दुनिया में फिर से लौटना हो रहा हो...

"आदमी को आगे की तरफ़ देखना चाहिए। पैर आगे की तरफ़ हैं, आँखें आगे की तरफ़ लगी हैं। सिर के पीछे कुछ नहीं–सब कुछ भविष्यत् की तरफ़ जाता है... पीछे मुड़कर अतीत में ठहर गये लोग ताउम्र उस जकड़न से अपने को छुड़ाने में ख़र्च हो जाते हैं..."

यह कौन बोल रहा था–!

यह बोलकर पिता कभी आगे चल पड़े थे। और मैं अपने अतीत की जकड़न में छटपटाती, बाहर निकल भागने की राह तलाश रही थी।

तो क्या पिता फिर से वही कुछ समझा रहे थे।

अतीत पीछे छूट चुका था, स्मृतियाँ साथ थीं–हमारे साथ चलती हुई...हमारे आज में मिली-जुली...उसका हिस्सा बनती हुई...

मैंने अपने पैरों की तरफ़ देखा–पंजे आगे लगे थे।

चुड़ैल के पंजे पीछे होते हैं, क्योंकि वह हमारी कल्पना में भी मृत और अतीत हो गये दृश्य का हिस्सा है।

यह पिता ने बचपन के किसी क्षण में कहा था। तब, जब हम चुड़ैल की कहानियों में जीवन ढूँढ़ रहे थे!

मृत चीज़ें जीवन के भीतर थीं पर मृत चीज़ों के भीतर जीवन नहीं था।

मुझे बचपन के बाद, अब एक बार फिर से अपने पंजों को देखना कितना कितना सुकून दे रहा था...

"तो अब?" मैंने अपने आप से पूछा।

"परिस्थितियों के पार जाना होता है..."

पिता ने कहा था।

दुःख का कैसा भी घना क्षण हो, हम देर तक ऐसे ही बैठे नहीं रह सकते–किसी एक भाव में थिर! नहीं, नहीं। उससे जूझना होता है, उसके पार जाना होता है...

हाँ, यही तो बात थी, जो मुझे उस वक़्त फटकार की तरह पड़ी थी। पर बात में कुछ ऐसी नोक थी कि वह ऐसी मेरे भीतर जाकर चुभ गयी कि आज तक मैं उसकी चुभन से उठकर चल पड़ती हूँ।

तो अब–!

डायरी का पन्ना भर नहीं पाया और क़लम नीचे लुढ़क गयी...नीली नींद-अधनींद के बीच झूलती...किसी सपने के भीतर या किसी सपने से बाहर आने की कोशिश में...

अँधेरा शाम के झुटपुटे में डग भरता है

भाभी कटोरी में ढेर सारी हरी मिर्च लेकर गेट पर खड़ी थीं। किसी ने श्मशान से ही फ़ोन कर दिया था कि हम बस पहुँचने वाले हैं। और भी बहुत बातें बता दी होंगी, ऐसा मेरा अनुमान था। जो भी गेट तक पहुँचता, भाभी कटोरी उसके आगे कर देतीं, आने वाला चुपचाप एक मिर्च उठाता, उसे दाँतों से काटकर नाली की दिशा में फेंक देता। मैंने भी एक मिर्च उठायी और दाँत से काटकर नाली की दिशा में फेंका–दाँत से कितनी भी जल्दी मिर्च को काटा जाये, उसका तीखापन, उस सेकेंड के सौंवे हिस्से में भी आपकी स्वादेन्द्रियों को अपनी जकड़ में लेकर तप्तकर डालता है–इतना तेज़! इतना तीखा!

पता नहीं इस परम्परा का क्या औचित्य था? अभी यह सवाल पूछा नहीं जा सकता था। अभी मैं अपनी खलनायक जैसी भूमिका में ही थी, कुछ पूछने या कोई सवाल करने से शायद मुझे गेट के भीतर भी न आने दिया जाता। लोग जो मेरे साथ, मुझसे कुछ मिनट पहले लौटे थे, हरी मिर्च काटकर फेंकने के बाद, गेट के बाहर किनारे रखी बाल्टी से जल्दी-जल्दी हाथ-पैर मुँह धो रहे थे। मेरा नम्बर आते-आते बाल्टी में पानी ख़त्म हो गया। मैं कुछ देर पानी के इन्तज़ार में, जीभ पर मिर्च का तीखापन दबाने की कोशिश में, नाक से निकलते पानी को मास्क हटा-हटाकर पोंछती खड़ी रही। भाभी, जो हरी मिर्च की कटोरी लेकर खड़ी थीं, बची मिर्चें नाली की दिशा में फेंककर अन्दर चली गयी'।

"बाल्टी में पानी चाहिए।"

मैंने भरसक तेज़, हालाँकि हरी मिर्च के कारण तीखेपन से भरे और लगातार बोलने के कारण कुछ रुँधे गले से कहा।

कितनी ही बार हम चाहते हैं कि अपनी आवाज़ लोगों तक पहुँचा दें...
पर कितनी ही बार वह कहीं पहुँचती नहीं, हवा में बिखरकर खो जाती है!

"अरे, आप रह गयीं? सब लोग हमसे बोले कि हो गया।"

एक युवा लड़की निकली और कुछ दया भाव से देखकर बोली। फिर तेज़ी से अन्दर गयी।

"जल्दी चलिए नीली बुआ। सब लोग तो पेड़ा खाकर चाय भी पीने लगे।"

लड़की पतीले में पानी लेकर आयी थी। पानी उसने उसी पहले से रखी बाल्टी में उझील दिया।

"हाँ, लाओ, लाओ।" मैंने अँधेरे में खड़े-खड़े अधीरता से कहा।

अगर अन्दर आने की इजाज़त होती या मैं ऐसी धृष्टता कर डालती तो गेट के अन्दर बरामदे में लगे नल से कब का हाथ-पाँव-मुँह धो चुकी होती। लेकिन अभी मेरे और सबके बीच एक कठोर समय टंगा था, उसे सँभलकर पार करना ठीक जान पड़ता था।

अन्दर पहुँचते ही मुझे भी पेड़ा मिला। चाय जब मुझ तक आयी एकदम ठण्डी हो चुकी थी। मैंने खड़े-खड़े ही चाय पीना शुरू कर दिया। अच्छा होता पेड़ा के साथ पहले पीने का पानी मिलता, पर कुछ कहना टालकर मैंने पूछा–"बैठना कहाँ है?"

"रुकिए, रुकिए, आप इधर मत आइए। कोई चीज़ छुइएगा मत।" मेरी छोटी बहन चीख़ी। मैं रुकी रही। रुके-रुके ठण्डी और फीकी (पेड़ा खाने से चाय की चीनी का पता नहीं चल रहा था) चाय पीते हुए माँ की तरफ़ देखती रही। वे मेरी तरफ़ देखना बचाती रहीं।

हमारे पिता के भाइयों की कुछ सन्ताने और उनके परिवार के तमाम सदस्य आये हुए थे, वे माँ के इर्द-गिर्द बैठे या खड़े थे। औरतें श्मशान नहीं गयी थीं, तो वे मोढ़े, कुर्सी, खाट, पीढ़े जैसी चीज़ों पर बैठी माँ को कुछ न कुछ नसीहतें, उपदेश दे रही थीं। माँ न 'हाँ' कहतीं, न 'न' कहतीं। वे एक चुप भाव में बैठी थीं। कभी कभी अचानक उनके मुँह से 'हे भगवान!' निक़लता। यह किसी प्रार्थना या दु:ख से नहीं फूटता, बल्कि सुबह से लगातार अपनी खाट पर उठने-बैठने और खाने-पीने के दैनिक नियम के टूट जाने से हुई थकान, निराशा, पैरों में दर्द, कमर दर्द आदि के कारण फूट पड़ता। चाय उन्हें जितनी बार दी गयी, हर बार उन्होंने पी ली। किसी को देखा न गया तो बोल पड़ा–"चाची को चाय ज़्यादा मत दीजिए। नुक़सान करेगी। एसिडिटी बढ़ जायेगी।"

इस पर किसी ने ध्यान दिया हो, ऐसा लगता नहीं था।

कितनी ही चीज़ें बेध्यानी में होती चली जाती थीं...
वे नुक़सानदेह हों, तब भी...

धीरे-धीरे वे रिश्तेदार जाने लगे, जिनका घर उसी शहर में कहीं था या जिनका घर उसी शहर के आस पास के शहरों में था। भाभी, भइया और उनके युवा बच्चे

अचानक उठे और कुछ हिदायतें देते हुए चले गये। जिसमें एक हिदायत यह भी थी कि चूल्हा नहीं जलेगा।

पास-पड़ोस से खाना आ जायेगा, इसकी गहरी उम्मीद थी।

"हमने फलाने के यहाँ उनके ससुर के मरने पर खाना भेजा था तो वो भी भेजेंगी।" कुछ ऐसा विश्वास भी था।

"मेरे बैठने के लिए कुछ है?"

मैंने वहीं अन्दर घुसने वाले दरवाज़े के पास दीवार से सटे-सटे, अपना चाय का कप हाथ में पकडे-पकड़े पूछा। बैठ जाने की इच्छा अब मेरे शरीर से उछलकर बाहर आ रही थी। मैं किसी भी क्षण कहीं भी बैठ जाना चाहती थी।

"अभी हो जायेगा। खड़ी नहीं रह सकतीं थोड़ी देर। वैसे तो बड़ा हीरो बनने गयी थीं! कुछ छूयी तो नहीं? सब अपवित्र मत करिए। अब ये वाला कप आपका हो गया।" छोटी चिडचिड़ायी।

मैंने हाथ में पकड़ा कप देखा, जो अचानक मेरा घोषित कर दिया गया था और अपवित्र भी! एक छोटा-सा सफ़ेद रंग का चीनी मिट्टी से बना कप। एक अपवित्र कप!

"यह कप भी अपवित्र हो गया?" मैंने हैरत से पूछा।

"आपको मज़ाक़ सूझ रहा है? क्या कर के आयी हैं, अन्दाज़ा है? आप कभी सुधर नहीं सकतीं!" बहन ने फुंफकारकर कहा।

मुझे कब सुधरना था? क्यों सुधरना था? और मेरे सुधर जाने से क्या बदल जाना था? मन में एक चिढ़-सी भी पल भर को उठी कि कह दूँ–'ख़ुद को सुधारो, मुझे सुधारकर क्या पाओगी?' पर अगले ही क्षण मैंने मुँह की बात मुँह में ही दबा ली और कप लिये, जो अब मेरा हो चुका था, दीवार से टेक लेकर खड़ी-खड़ी कभी माँ की तरफ़ तो कभी बहनों और उनके परिवारों के झुण्ड की तरफ़ देखती।

क्या मैंने ऐसा कुछ कर डाला था, जो उनके लिए असह्य था, उन सबके लिए...

परम्परा को तोड़ देना अपने लिए जितना बहादुरी का सबब होता है, हमारे आसपास, परिवेश के लिए उतना ही असह्य!

मैं असह्य थी।

बरामदे में पड़ी एक चौकी पाइप लगाकर छप्प-छप्प धोयी जा रही थी और उसकी आवाज़ मुझे चौंकाती हुई पानी के अपने हल्के छींटों के साथ मुझ तक पहुँचती थी।

मुझे खड़े-खड़े एक घण्टा हो चुका था और अब मुझे अपनी उम्र याद आयी थी।

"इतनी क्या हड़बड़ी की हैं! धुल जायेगी तो बैठिएगा।"

छोटी ने नफ़रत से कहा। उसका इशारा बाहर धोयी जा रही लकड़ी की चौकी की तरफ़ था। ये वही चौकी थी, जिस पर पिता जी कल रात तक सोये थे और जो अब मेरे सोने के लिए धोकर तैयार की जा रही थी। पिता के आसन पर बैठना,

यह सोचकर मुझे अच्छा लगा। यह सिर्फ़ पिता के आसन पर बैठना भर नहीं होगा, कुछ कुछ उनके जैसा बनते जाना भी होगा। होगा ही।

मैंने नफ़रत से चिड़चिड़ाती छोटी की तरफ़ देखा। नहीं, अब मैं इस नफ़रत से भाग नहीं सकती। मुझे इस नफ़रत, इस ग़ुस्से को सहन करके, स्वीकार कर के रहना है!

मैं नफ़रत के पानी में खड़ी थी और चौकी पर से, झाड़ू से पानी बुहारने की आवाज़ आ रही थी।

मैं अपनी जगह से ज़रा-सा चलकर माँ की तरफ़ गयी। घर छोटा था और दरवाज़े से माँ की खाट तक पहुँचने में कुछ क़दम की दूरी थी। माँ अब भीड़ के घेरे से मुक्त थीं। रिश्तेदार जा चुके थे और केवल हम बहनें बचे थे । साथ में माँ के मायके से आये दूर के भाई के बेटे, जो कुर्सी पर कुछ दूर चुपचाप मोबाइल में खोये थे–चिंटू भैया।

और एक बूढ़ी स्त्री, जो रिश्ते में मेरी माँ की मामी लगती थीं और इतनी बूढ़ी थीं कि उनका बुढ़ापा किसी फ़िल्मी दृश्य की तरह चलता-फिरता था। यह सोचना अजीब था कि उन्हें इस वक़्त क्यों यहाँ छोड़ दिया गया था? उनको पहुँचा कर उनके बेटे घर लौट गये थे कि तेरहवीं के दिन आयेंगे तो साथ ले जायेंगे।

माँ ने छोटी-से इशारे से कुछ कहा। थोड़ी ही देर में घिसा हुआ सेब एक कटोरी में छोटी रख गयी। वे धीरे-धीरे चम्मच से सेब खाने लगीं।

"चक्कर आ जायेगा न।" उन्होंने अपने आप से धीमी आवाज़ में कहा।

"नीली दी, आप न सुबह की फ़्लाइट से चली जाइए।"

अचानक मेरी बहन श्यामा मेरे पास चली आयी। छू न जाऊँ, इससे भरसक अपने को बचाते हुए उसने कहा। वह मेरे जन्म के डेढ़ साल बाद जन्मी थी और हमेशा इस मलाल में रही कि उसे बड़े होने के अधिकार में शामिल क्यों नहीं माना जाता।

"समझिए, रहना आसान नहीं है। जो काम करना था, वो तो कर ही चुकीं। अब क्यों रुककर अपनी फ़ज़ीहत करायेंगी?"

थोड़ा अधिकार और बहुत-सी नाराज़गी भरकर श्यामा ने मुझे समझाया।

"लेकिन..."

"लेकिन-वेकिन छोड़िए, गीत को बोलिए जैसे आज आने का टिकट कराया, वैसे ही कल सुबह जाने का करवा दे। निकल जाइए इससे पहले कि..."

"इससे पहले क्या?"

"मतलब आपको बीपी है?"

मेरी तीसरे नम्बर की बहन अन्नपूर्णा न जाने कहाँ से आकर मेरे पीछे की तरफ़ खड़ी हो गयी।

"और थायराइड भी है न?"

मैं कप हाथ में पकड़े अब पीछे मुड़कर देख रही थी।

चौकी धुल गयी थी और अब एक आदमी उसे, सबसे छोटी बहन के पति धीरज के साथ मिलकर अन्दर ला रहा था। इसी गीली-सी चौकी पर अब मुझे डेढ़ घण्टे बाद बैठने का मौक़ा मिलने वाला था।

"इसीलिए कह रही हूँ...खाना-पानी समय से नहीं मिल पायेगा, अकेले कैसे बनाइएगा? अभी दूसरे चूल्हे का इन्तज़ाम भी नहीं हो पाया है...क़हीं यहीं टें बोल गयीं तो..." छोटी ने बोलने के इस नये तरीक़े का अभ्यास किया है।

"गीत से कहिए...वैसे भी आपकी नौकरी है, इतनी छुट्टी कैसे मिलेगी? पूरे तेरह दिन? कोई पूछेगा तो हम कह देंगे कि छुट्टी नहीं थी, इसलिए जाना पड़ा। इतनी बिजी परसन हैं आप। इतना थोड़े रुक पायेंगी।"

श्यामा ने ज़रा आवाज़ नियन्त्रण में किया।

बात ग़लत भी नहीं थी। मेरी नौकरी थी, इतनी लम्बी छुट्टी लेना आसान भी नहीं, वह तो कोरोना काल में सब कुछ ऑनलाइन चल रहा था तो विमान में बैठने के पहले ही ऑफ़िस को जानकारी दे दी थी और वहाँ से आश्वस्ति भी मिल गयी थी। बीच में वक़्त निकालकर काम कर लूँगी। चलते वक़्त गीत ने मेरा लैपटॉप भी मुझे थमाया था। तो मेरे रुकने में फ़िलहाल ऑफ़िस की तरफ़ से कोई विघ्न बाधा नहीं थी।

"इसी पर बैठ जाइएगा। अभी पंखे में सूख जायेगी।"

छोटी ने चौकी के सूखे किनारे पर एक मोटी चादर रखते हुए कहा।

"छुआछूत का नियम मानना पड़ेगा। जो पहनेंगी, ओढ़ेंगी, सब दान देना पड़ेगा, इसलिए कम में काम चलाइए।"

"खाना अलग बनाना पड़ेगा। एक टाइम बना लीजिएगा। कल आ जायेगा हमारी कानपुर वाली ननद के यहाँ से चूल्हा।"

आख़िर में उसने ग़ुस्सा दबाने वाली अजीब आवाज़ में कहा–"ये नहीं कि चली जाये। सबकी छाती पर मूँग दले बिना इनका काम नहीं चलता।"

यह एक सुन्दर और प्यारी लड़की हुआ करती थी। स्कूल के नाटकों में अक्सर परी देश की राजकुमारी या रानी सारन्धा का किरदार निभाती। सब उसके भोलेपन पर मर मिटते। फिर वह और अधिक नाटकों में काम करने के लिए मचलने लगी, लेकिन छोटे क़स्बों में इसके लिए कोई जगह नहीं थी। बाद में ज़िन्दगी ने उसे जिस

नाटक के लिए चुना, उसमें उसका जी न रम सका। धोखे का एक दंश उसे रह रह कर सालता रहता था।

जब छोटी की शादी हुई तब लड़का गुड़गाँव में एक नामी कम्पनी में काम कर रहा था। पिता जी के मित्र के मित्र का परिवार था। धन-सम्पन्न। शादी के बाद छोटी ठाठ से गुड़गाँव गयी भी, वहाँ किराये का घर भरसक सज़ा डाला। लेकिन ज़िन्दगी के इस नाटक में उसे सरपंच जी या राजा जी का किरदार नहीं मिला था कि वह अपने निर्णय लागू करती। कुछ महीने ही गुड़गाँव में बीते थे कि उसके पति महोदय ने नौकरी छोड़ दी और घर का साज-सामान बाद में लाने की बात कहकर छोटी को साथ ले अपने इसी छोटे क़स्बे में, जो हमारे क़स्बे से सटा था, लौट आये। फिर गुड़गाँव सपनों के किसी लोक में हमेशा के लिए छूट गया। और पति महोदय ने हमेशा के लिए नौकरी करने से मनाकर दिया। ऐसा नहीं था कि कोशिश नहीं की गयी या उनके घर के लोगों ने नहीं समझाया, बस, उनका ही मन नहीं लगता। कोई भी नौकरी उन्हें नहीं जमती। कई बार अनेक चीज़ों की दुकान भी खुलवायी गयी। थक-हारकर सबने उन्हें उन्हीं के रूप में स्वीकार कर लिया।

"क्या हम नौकरी नहीं करना चाहते। लेकिन हमारे लायक़ कोई नौकरी है ही नहीं। सब जगह कोशिश कर चुके।" या वे कहते—"हर आदमी नौकरी के लिए नहीं बना। इस दुनिया में कुछ लोग नौकरी में बँध के नहीं रह सकते।"

उनकी यह फ़िलॉसफ़ी धीरे-धीरे उनके ही आगे दम तोड़ती चली गयी।

अन्ततः मोहल्ले के अन्य लड़कों की तरह वे भी सुबह होते ही तैयार होकर गप्पबाज़ी के लिए ऐसे निकलते, जैसे किसी ज़रूरी काम पर जा रहे हों और रात ढले लौटते मानो कोई ज़रूरी नौकरी से पैसे कमाकर लौटे हों। घर में रौब वैसा ही गाँठते, जैसा गाँठने का रिवाज था। पर यह रौब अपने ज़रूरी टिकाऊ आधार यानी पैसे के बिना कब तक टिकता! रौब दुबकने लगा, अपमान बढ़ने लगा। पर हा हंत! नियमित दिनचर्या नहीं बदली—वही सुबह का गप्पबाज़ी के लिए निकलना, वही देर शाम का लौटना...आते ही खाने की फ़रमाइश करना...

थक-हारकर छोटी ने नौकरी खोजी, जो छोटे क़स्बे में नहीं मिली। अन्त में एक लम्बे गृहयुद्ध के बाद यह छोटी का निर्णय रहा कि बड़े शहर आकर बच्चों को ढंग की शिक्षा दिलायी जाये। राशन-पानी घर से आता रहता, पर रुपया-पैसा तब मिलता, जब ससुर जी स्वयं आते, तब भी वे हाथ रोककर पैसा देते। बच्चों की फ़ीस आदि का पैसा नहीं देना चाहते। कभी-कभी कोई पैसा नहीं देते। खाने-पढ़ाने के लालेवाले दिन आ जाते। छोटी को माँ और पिता जी पर बहुत हद तक निर्भर होना पड़ता।

पता नहीं हमारे दिमाग़ में पिता जी ने, बचपन से ख़ुद्दारी का कीड़ा क्यों डाला!

नतीजा छोटी की ख़ुद्दारी बीच-बीच में प्रबल रूप से जाग जाती और तब सब तरफ़ आग लग जाती। उस समय धीरज को फटकारने के लिए जैसे शब्दों का चुनाव वह करती कि सुनने वाला हैरान रह जाता!

उसने ऐसी भाषा अर्जित की थी, इसी जीवन से।

इसी जीवन से लड़कर !?

या शायद हार कर ?!!?

जीवन हमें हर क्षण कुछ बदलता, कुछ तोड़ता, कुछ दहलाता चलता है तो कुछ जोड़ता, कुछ सिखाता, सँवारता भी चलता है...

मुझे अब गीत से बात करनी होगी। लगता है, यहाँ रुकना ठीक नहीं। ये लोग बिल्कुल नहीं चाहते। कहीं कोई परेशानी न हो जाये? बीपी और थायराइड है ही। पता नहीं कब तक इनका चूल्हा आयेगा? तभी 'खट्ट' से कुछ आवाज़ आयी। उसी समय श्यामा ने किचन में, बड़ी तेज़ कुकर पटका था। शायद वह सामान ठीककर रही थी या शायद कोई खाना दे गया था, उसे सरिया रही थी! मुझे गीत की बनायी सैंडविच की याद आयी, जो मैं सुबह फ़्लाइट में खा चुकी थी। अब मुझे कुछ भूख जैसा महसूस हो रहा था।

ऐसे समय में भूख!

जीवन में ऐसा कोई भी समय नहीं, जो मानवीय क्षुधा से ख़ाली हो! कैसा भी, कितना भी कठिन समय तना होगा, भूख अपने समय पर आकर दरवाज़ा खटखटा जायेगी। भूख को आप लम्बे समय तक टाल नहीं सकते। इसी भूख के लिए कितने संघर्ष हैं तो इसी भूख से पार पाने के भी।

"तुम्हें किसलिए पढ़ा-लिखा रहे?"

पापा कहते तो एक क्षण को उनका यह अधिकारपूर्ण ताना अच्छा नहीं लगता, लेकिन दूसरे ही क्षण यह अच्छा लगने लगता।

उनका इतना विश्वास!

किन लड़कियों के पिता उनसे ऐसा कहते होंगे? यह बात तो हमेशा लड़कों के लिए रिजर्व थी। मेरे पिता ने इस वाक्य को लड़की की तरफ़ मोड़ दिया था। बाद के दिनों में उन्होंने इस वाक्य को बहुत तरह से दोहराया। एक बार मैं अपनी कम्पनी के काम से विदेश गयी हुई थी, एक वर्ष का तय प्रोजेक्ट था। ऐसा मौक़ा सहकर्मियों में से सिर्फ़ मेरे हिस्से आया था। तभी इधर पापा की तबीयत ख़राब हो गयी। तब पापा अपने घर में, एक छोटे-से क़स्बेनुमा शहर माधोपुरा में रहते थे। छोटी के पास, इस बड़े शहर में आना उनकी अपनी पसन्द नहीं थी।

जीवन की परेशानियाँ या मजबूरियाँ आदमी को अपनी पसन्द से बाहर ले आती हैं। एक अनजान इलाक़े में! जहाँ दूसरों की पसन्द पर निर्भर रहना होता है। इस निर्भरता में एक मूल्यवान चीज़ छिपी होती है। दूसरों की पसन्द का आदर करते जाना और एक निरीह चीज़ दबी होती है—दूसरों की पसन्द सहन करते जाना!

पापा अपनी उन दिनों की बीमारी में मुझे बार-बार यादकर रहे थे। हालत इतनी ख़राब हो चली थी कि बिस्तर पर ही सब कुछ हो रहा था। डॉक्टर ने सारी कोशिशें कर ली थीं। श्यामा और अन्नपूर्णा अपने-अपने पति के साथ दूर थीं और आने की कोई जल्दी उनमें नहीं दिखती थी। शायद वे एक ही बार आना चाहती थीं-? ऐसा उनके ससुराल वाले चाहते थे। पता नहीं वे भी ऐसा चाहती थीं कि नहीं? माँ और छोटी कोशिश भर जुटी थीं—प्यारी और होनहार छोटी। पापा जब होश में आते, कहते- "नीली को बुलाओ। किसलिए पढ़ा-लिखाकर लायक़ बनाया है। मुझे बम्बई ले चलकर इलाज कराये।" माँ और छोटी ने मुझसे छिपाया, श्यामा और अन्नपूर्णा ने मुझे नहीं बताया, पर आख़िरकार बात मुझ तक पहुँच गयी। मेरे एक सहकर्मी, जो मेरे उसी शहर के रहने वाले थे और अब बम्बई में बस गये थे, प्रॉपर्टी के सिलसिले में माधोपुरा आना-जानाकर रहे थे, वे हाल में ही माधोपुरा से लौटे थे। उन्होंने ऑफ़िस से सम्बन्धित किसी सूचना की जानकारी देने के लिए सन्देश भेजा और उसमें यह भी लिख दिया कि अब कैसे हैं आपके पिता जी? पिछले दिनों उनकी हालत चिंताजनक थी।

मेरे लिए यह ख़बर 'अचानक' गिरे शब्दों का एक और परिचय था। तुरन्त घर फ़ोन किया तो पता चला, बात सच थी। माँ और छोटी ने कहा कि, "तुम्हें इसलिए नहीं बताया गया कि तुम बाहर हो और नौकरी छोड़कर मत आओ।" श्यामा और अन्नपूर्णा ने बहुत देर तक फ़ोन नहीं उठाया। रात को जब उन्होंने फ़ोन उठाया तो कहा कि, "इतना हड़बड़ा क्यों रही हैं? माँ और छोटी देख रहे हैं। पापा के कुछ दोस्त मित्र आ-जा रहे हैं। सब ठीक हो जायेगा।"

इसके बाद मेरा चैन चला गया। मुझे अपने बच्चे गीत का ख़याल आया। पहली बार उसे एक साल के लिए हास्टल के हवाले किया था। मुझे पापा और गीत का चेहरा अदल-बदलकर दिखता। उसके बाद रुकने का कोई अर्थ नहीं बचता था।

पापा को बचाना ज़रूरी था, मेरे लिए। मेरे बचे रहने के लिए। मेरे जैसों के बचे रहने के लिए। मैं यह सब किसी को समझा नहीं सकती थी।

'माधोपुरा' यह, इस धरती पर, एक क़स्बे से शहर में तब्दील होती जगह भर नहीं थी। मेरा होना, मेरा बढ़ना, मेरा समझना, सब इससे जुड़ा था। नाभिनाल के

इस सम्बन्ध को लोग न जाने किस तरह से बताते होंगे, मुझे अच्छे से नहीं मालूम। फिर भी माधोपुरा में घुसते ही यह ऐसा मेरे भीतर धड़का था, कि कोई प्रेमी ठगा-सा देखता रह जाये बड़े दिनों बाद दिखे अपने प्रिय को...

मैं पूरे माधोपुरा से लिपटकर ज़ोर-ज़ोर से रोना चाहती थी कि उसने आख़िरकार मुझे बता दिया था कि मेरे पिता किस क़दर मुझे ढूँढ़ रहे थे!

"देखो नीली आ गयी।" पिता जी ने कैसे जान लिया कि मैं घर में प्रवेश कर रही हूँ!

वे इस तरह मेरा इन्तज़ार कर रहे थे कि जैसे आदमी अपनी साँसें लौट आने का करता है–'ज़िन्दगी।'

"यहाँ इलाज नहीं है, बेटा।" फिर पापा ने भरसक गर्दन उठायी। जाने किसे सुनाते हुए कहा–"अरे, मैंने कहा था न कि आयेगी। इसी दिन के लिए पढ़ाया-लिखाया था।"

इस सुनाने में पापा जिस गर्व को कूट-कूटकर भर रहे थे, वह मेरे लिए तसल्लीबख़्श था।

"गाड़ी में साथ लेकर मुम्बई चलना होगा।"

मैंने मेवालाल से कहा।

"बाबू जी गाड़ी में इतना देर कैसे बैठेंगे, बच्ची?" वह चिन्तित हो उठा।

"बैठ जायेंगे। तुम पीछे उनका पाँव अपनी गोद में रखकर बैठ जाना।" छोटी ने दिमाग़ दौड़ाया।

"हरदम तो पेशाब जाये के कहत हैं तो कैसे होगा, बच्ची जी? लैट्रिन कइसे जायेंगे?"

उसकी चिन्ता जायज़ थी। वह घर का बहुत पुराना सेवक था। कभी उसे मेरे नाना जी ने मेरी माँ की मदद के लिए भेजा था। उस समय वह छोटा था और माँ से अधिक पिता जी की मदद में जुटा रहता। पिता जी उसे पढ़ाते...होमवर्क देते... पढ़ाते-पढ़ाते उसे चपरासी की नौकरी तक पहुँचा कर माने। वह अपनी नौकरी में ख़ुश था और गाहे-बगाहे हाल-चाल लेने आता रहता था। लेकिन इसी के बाद फिर कभी मेरे नाना जी ने सेवक भेजने की गुस्ताख़ी नहीं की। तो वही मेवालाल आया था और मेरे साथ मुम्बई तक जाने को तैयार था।

हमने जो कुछ समझ आया, सामान रखा, छोटी ने मदद की, डॉक्टर का पर्चा, दवाएँ, पानी, गिलास, ग्लूकोज, ओआरएस के पैकेट, तौलिया...उनके छह सात निकर...वगैरह...

माँ को समझ न आये कि क्या और कैसे किया जाये? कुछ भी पूछने पर बेहाल-सी कहतीं–'जैसा तुम्हें ठीक लगे।' हर परेशानी-भरे सवाल के उत्तर में उनके पास यही शब्द होते या कई बार ये भी नहीं होते। शब्दों के मामले में वे शुरू से

ही मितव्ययी रही हैं। स्नेह के शब्द तो जैसे उनके शब्द भण्डार में विलुप्त हो गयी चीज़ों की तरह थे।

जीवन के कष्ट और संघर्ष आदमी को रूखा, स्नेहहीन और कई बार क्रूर बना जाते हैं!

मुम्बई के अच्छे इलाज और देखभाल से पिता जी में फिर से जीवन लहलहा उठा। कुछ ही महीनों में वे फिर से अपने पैरों चलकर दाढ़ी बनवाने जाने लगे। अपने सारे ज़रूरी काम करने लगे और हाँ, आदतन पहले की तरह ही अपना अंडरवियर, बनियान और धोती, नहाने के बाद नियमित धोने लगे। कुछ साल पहले पापा ठीक हो गये थे। साल भर मेरे पास रहने के बाद वे अपने माधोपुरा के लिए तड़पने लगे।

शहर के साथ आदमी का रिश्ता ऐसा ही होता है, दिखता नहीं है, पर दुखता बहुत है।

मैं दरवाज़े की बग़ल से हटकर एक तरफ़ रखी गयी गीली चौकी की सूख रही जगह पर, अपना कप पकड़े बैठ गयी। कुछ ही क़दमों की दूरी पर माँ कटोरी में घिसकर दिया गया सेब चम्मच से धीरे-धीरे खा रही थीं।

"बीमार पड़ जाऊंगी, इसीलिए।"

माँ ने पता नहीं किस अज्ञात से कहा। इसमें मेरी चारों बहनें, उनके बच्चे, पति और चिंटू भैया शामिल थे, शायद वह बूढ़ी महिला भी और शायद मैं भी।

तो क्या माँ गिल्ट के साथ सेब खा रही थीं!

इस सफ़ाई की ज़रूरत क्या थी–!?!

सफ़ाई तो वे पहले भी देती रहती थीं। इससे उनका हर काम जस्टीफ़ाई हो जाता था, शायद उनकी नज़र में। कुछ प्रतिशत सुनने वाले की नज़र में भी। पर न जाने क्यों मैं उनके ऐसे वाक्यों पर सोचने लग जाती या कोई सवाल मन में उठने लग जाता।

'सोचना'–यही मेरी भारी ग़लती थी। यही ग़लती मैं बचपन से करती चली आ रही थी। लाख कोशिशों के बावज़ूद अन्ततः मैंने इसे अपने एक ज़रूरी हिस्से की तरह स्वीकार कर लिया था।

'सोचना'–इसी की वजह से बचपन में इतना सुनना, सहना पड़ा–बड़े होने तक। दोस्तों, मित्रों तक ने कहा–'हर बात में इतना क्या सोचती हो।' प्रेमी ने कहा–'सोचकर सब मजा बिगाड़ देती हो।' पति ने कहा–'सोचना बन्द करो।' बहनों ने कहा–'इन्हें सोचने की बीमारी है।' माँ ने कहा–'इतना सोचने से पगला जाते हैं।' दुनिया ने कहा–'इसीलिए ये लड़की हर चीज़ में टाँग अड़ा देती है।' अब ये दुनिया कहाँ से आ गयी?

और पिता, वे कहीं दूर से अपने फक्कड़पने में कह रहे थे–"सोचना ज़रूरी है। जब सूझेगा, तभी तो जूझेगा। जो जूझेगा नहीं, उसे सूझेगा भी नहीं।"

सब गड़गड़ हो रहा था!

"बात हुई आपकी?"

यह शब्दों का एक बड़ा-सा पत्थर था, जो अचानक मेरे सोचने के जल में 'छप्प' से गिरा था। अन्नपूर्णा गीली चौकी के पास आकर इस तरह खड़ी हुई थी कि चौकी छू न जाये।

चौकी अछूत थी!

अगर इस समय मेरे साथ कोई ईश्वर भी था, तो अछूत था!

मैं उसकी तरफ़ देखती रही। लगता था गेट के अन्दर आने के पहले दी गयी हरी मिर्च मैंने नहीं, इसने खायी है–इतनी तिक्त!

क्या हमने इतना ख़राब बचपन जिया था?

या कि बचपन की स्मृतियाँ उनके ज़ेहन से फिसलकर कहीं गिर गयी थीं!

जो था, वह अपरिचय था।

उसे मेरा ऐसे देखना अच्छा नहीं लगा। मुड़कर वह शायद किचन की तरफ़ चली गयी।

इतना ख़राब तो नहीं था हमारा बचपन! कितना खेलते थे हम। उस वक़्त मोहल्ले में हमारी उम्र के कितने लड़के-लड़कियाँ थे। धूल-मिट्टी से सने हम घर आकर हाथ-पैर नहीं धोना चाहते। तुरन्त खाना चाहते और खाट पर गिरकर सोना। तब पापा किस तरह उठा-उठाकर एक-एक का हाथ-पैर धुलवाते। मुझे पापा के साथ ड्यूटी करनी पड़ती–मसलन बाल्टी में नल से पानी भरना...फिर सबके खाने के नखरे उठाना। माँ तब ढेर सारी रोटियाँ सेंककर उठी होतीं और पापा बच्चों के मुँह में कौर डाल रहे होते। उन्हें कभी सब्ज़ी तीखी लगती तो पापा दूध-रोटी खिलाते। क्या ऐसे पिता उनकी स्मृतियों से फिसल कर खो गये थे???

माँ पढ़ी-लिखी थीं।

लेकिन पढ़ने-लिखने और जेंडर भेद को भेद देने में बड़ा अन्तर था।

तो माँ ने जेंडर भेद को झेलते-झेलते उसे स्थायी रूप में स्वीकार कर लिया था। इसलिए अब उन्हें लड़कियों के दास भाव पर भरोसा ज़्यादा था। वे चाहतीं कि लड़कियाँ दिन भर दौड़-दौड़कर काम करती रहें। चाहतीं कि छोटी-छोटी लड़कियाँ रसोई का काम लगन से निपटा डालें, आख़िर पिता जी उनके मायके से भेजे नौकर को पढ़ने की लत जो लगा देते थे।

उनके ज्ञान से किसी को क्या लेना-देना था! आख़िर मोहल्ले में, उनके परिचितों में, औरतों के झुण्ड में, उनके अंग्रेज़ी के नोट्स के बारे में पूछने वाला कौन था? न ही कोई वर्ड्सवर्थ, कॉलरिज को जानता था, न जानना चाहता था। उनके जीवन में किसी कवि, कलाकार को जानने या न जानने से कोई फ़र्क़ नहीं पड़ता था। केवल डिग्री थी, जो धन के साथ जुड़ने पर अर्थवान हो जाती थी। अन्यथा डिग्री भी किस काम की?

"क्या आप ग्रेजुएट हैं?" कोई पूछता। इसलिए नहीं कि उसे ज्ञान से कोई लेना देना था, बल्कि इसलिए कि वह जान सके कि इतनी डिग्री बटोरकर भी औरतें चूल्हे-चौके के आगे डिग्री का क्या करती हैं?

माँ को हमने बचपन से दु:ख-भाव में पाया था–एक स्थायी भाव, जो उनकी हर बात में ठुनकता रहता–किसी ज़िद्दी बच्चे की तरह। जिसे पर्दे के पीछे छिपने को कहो तो उससे रहा न जाता और वह पर्दा ज़रा-सा खिसकाकर झाँक लेता...ऐसा ही दु:ख, जो अनेकानेक दु:खों का समुच्चय था, जिसमें सबसे ऊपर, सबसे शक्तिशाली था–एक पुत्र का न होना। यह कोई मामूली दु:ख नहीं था। ऐसा ताक़तवर था कि उसने उन्हें ताउम्र के लिए जकड़ लिया था–दु:ख और कमज़ोरी दो स्थायी भाव उनके साथ-साथ चलते रहे, चलते ही रहे ताउम्र...उठते, बैठते, खाते, पीते, सोते, जागते...

उनके इस दु:ख और कमज़ोरी दोनों को हममें से कोई रोक नहीं पाया।

यह कहना कि 'हम आपके लिए किसी लड़के से कम थोड़े न हैं' उन्हें चिढ़ाने जैसा सख्त और नागवार था। अन्तत: यह कहना हमसे पता नहीं कब छूट गया।

दु:ख पापा में भी था–वे भी लड़का चाहते रहे होंगे, नहीं तो चार लड़कियों के बाद पाँचवीं बीमार लड़की का पैदा होना शायद न होता। कहीं कोई अपेक्षा थी कि उन्हें भी पुत्ररत्न मिले। लेकिन ऐसा नहीं हुआ। पाँचवीं पुत्री कई साल तक बीमार रही और अन्तत: नहीं बची। लेकिन पिता के भीतर की जलवायु को इन घटनाओं ने कुछ बदल दिया। उन्होंने पुत्रियों को स्वीकार कर लिया था और उन्हीं से अपेक्षा करने लगे–एक अद्भुत अपेक्षा, जो इससे पहले लड़कों का अधिकार रही थी–मतलब बुढ़ापे की लाठी होना।

वे हम बहनों को पढ़ा-लिखाकर कुछ बड़ा करते, बनते हुए देखने को विकल रहने लगे। मैं पहली थी, उनके निशाने पर। मैं पढ़ने गयी दिल्ली। मैंने उनकी अपेक्षाओं को समझ लिया और अपना लिया। ऐसा नहीं था कि माँ ने कभी किसी बहन को पढ़ने या कुछ करने से रोका हो। तब फिर मेरी बहनों ने अपने ससुराल की चाकरी में अपने को खपा देना क्यों चुना?

यह अनुत्तरित प्रश्न नहीं था।

हर परिस्थिति के भीतर एक राह होती है
कहीं-कहीं से उसकी पगडण्डियाँ दिखती हैं
उन्हें चीन्हते ही पकड़ लेना होता है
पगडण्डी जेंडर नहीं जानती, वह सिर्फ़ पैरों को जानती है
पैर, जिनमें हौसला भरा होता है...
हाँ, इसी हौसले को तोड़ने की कोशिशें होती हैं
इन्हीं तोड़ती कोशिशों के विरुद्ध तनकर खड़ा होना होता है....

पिता कहे जा रहे थे, मैं जैसे अपने अदृश्य आँचल में गठियाये जा रही थी...
मेरे पैरों ने कुछ हौसला कर डाला था
पगडण्डियाँ ठीक सामने थीं, यही अपराध था
इसी की सब सजा थी...

"ये लीजिए उसी कप पर रख लीजिए। ये क्या अभी तक कप धोईं नहीं? बाहर वाले नल पर धो आइए।"

अन्नपूर्णा परेशान-सी कह रही थी। मुझे बिना छुए, मुझे मेरे विचार-सागर से निकालना कैसा तो कठिन-सा लग रहा होगा!

वह मुझे एक केला पकड़ा रही थी।

"हें-हें छुइए मत। अँजुरी बनाइए, उसी में डाल देंगे।"

मैंने अँजुरी बनायी, उसने केला मेरी अँजुरी में छोड़ दिया।

मैं उसकी तरफ़ देखने लगी। मेरे देखने को उसे नहीं समझना था।

वह मुड़ गयी।

फिर मैं भी बाहर निकल आयी। उसी बरामदे में, जिसमें कुछ देर पहले चौकी धोयी गयी थी और वहाँ अब भी पानी का निशान बचा था।

"खाना मिल गया।" मेरे मन ने कहा।

केला खाकर मैंने उसी बाहर वाले नल पर हाथ धोया, फिर गीत को फ़ोन लगाने के लिए फ़ोन उठाया।

क्या मुझे यहाँ रुकना चाहिए?

हाथ की गति आज साथ नहीं दे रही...

- नीली

बबूल की गली

गाड़ी गली से बाहर रोकनी पड़ी। गली में नहीं घुस सकती थी, गली सँकरी थी, ऊपर से भीड़ भी थी–लोग गली के इधर से उधर तक चल रहे थे। गली बहुत लम्बी नहीं थी। ऊपर से इधर-उधर काँटेदार बबूल के छोटे-बड़े पेड़ थे। किसी ज़माने में यह बबूल वाली गली कहलाती थी। अब उतने बबूल नहीं रह गये थे। पर किसी ज़माने की अपनी निशानी की तरह अब भी किसी हद तक मौजूद थे ही...रास्ता इससे ऊबड़-खाबड़ और गली कुछ-कुछ काँटेदार हो गयी थी...

मैं गाड़ी से उतरकर दौड़ते हुए उस दरवाज़े तक पहुँची, जिसके सामने मेरे पिता गेंदे के फूलों की माला से ढके, बाँस की शय्या पर लेटे थे। शर-शय्या यह नहीं थी पर उनके जीव्न ने उन्हें सदा शर-शय्या पर लिटाये रखा था और अब यह अन्तिम, एकदम अन्तिम शय्या बाँस की उनके हिस्से आ गयी थी...

किसी चचेरे भाई ने उनके मुँह पर से चादर हटा दी कि मैं उन्हें देख लूँ। तभी, जब उनका चेहरा मेरे सामने चमक उठता, उनकी बन्द आँखें किसी अनन्त सोच में डूबी लगतीं...कि किसी अचानक मचले समुद्री तूफ़ान ने मुझे पस्त कर दिया। मास्क की ऊपरी परत भीग गयी। चेहरा भरसक प्रयत्न करने पर भी पानी से भीगा भीगा दिखा...जैसे किसी धुँधलाई-सी नदी के एकदम ऊपरी सतह पर पिता किस जादूगरी से लेटे हों...एकदम सीधे दम साधे, आँखें मूँदे...उनके धुले हुए पैर चमक रहे थे। मैंने जाने किस अज्ञात प्रेरणा से पैर पर अपनी हथेलियाँ रख दीं, यह प्रणाम था या पश्चात्ताप, पता नहीं! उनके लिए अन्तिम समय में कुछ न कर पाने का दंश बिच्छू की लहर-सा मेरे सीने में उतर रहा था...कसकता...कचोटता...मैं कहना चाहती थी कि आपने सही-सही बताया क्यों नहीं? क्या इस आख़िरी वक़्त में कोई भय था? या भरोसा कमज़ोर पड़ गया?...या कि आप चाहते नहीं थे कि मैं ज़मीन-जायदाद के झगड़े में पड़ूँ या आप मुझे आख़िरकार जायदाद में हिस्सा देने से बचना चाहते थे?...कुछ तो था कि आपने मुझे रोका...पता नहीं इसमें मेरा ही कोई हित देखा हो

आपने...मैं जो कहे जा रही थी, वह मेरे गले से ज़रा-सा भी बाहर नहीं फूटा...कि किसी ने मेरे कन्धे पर थपककर कहा–'मम्मी।'

मैंने मास्क हटाकर उमड़ रही नदी के जल को पोंछा और सामने देखा। माँ गेट के भीतर कुछ क़दमों की दूरी पर बारामदे में, एक प्लास्टिक की कुर्सी पर बैठी थीं–कई सारी औरतों से घिरी। मैं हड़बड़ाती-सी बढ़ी और कुछ झुककर उन्हें गले लगा लिया। मुझे उम्मीद थी कि वे ज़ोर से रो पड़ेंगी। पर ऐसा नहीं हुआ, वे शायद रो चुकी थीं या शायद रोना उनके भाव भण्डार से हमेशा के लिए खो चुकी चीज़ों में से एक था!

मैंने उन्हें सालों बाद छुआ था–चमड़े के भीतर भाव का सोता नहीं छू पायी थी–छुअन, छुअन नहीं बन पायी...

उनकी चमड़ी में निष्प्राणता समायी थी–न कोई क्रन्दन, न कोई हलचल, न कोई नदी, न कोई पहाड़...

शायद सुबह चार बजे से अब तक यह सब क्रियाएँ अपनी अन्तिम सूख चुकी दुनिया में पस्त पड़ चुकी थीं...

"नाना जी को ले जा रहे।" एक छोटी लड़की ने मेरे पास खड़े होकर सूचना दी।

मैंने माँ को तुरन्त छोड़ दिया। उनकी हथेली एक झटके से उनकी गोद में गिर गयी। श्यामा, मेरी बहन, माँ के ठीक पीछे खड़ी थी, उसे मैं कई साल बाद देख रही थी, उसने माँ को कन्धे से थामा हुआ था। मैं भागी, मैंने श्यामा का हाथ पकड़कर खींचा।

"चलो, सब लोग मेरे साथ चलो। पापा को इस अन्तिम यात्रा में अकेले नहीं जाने देना है।"

यह मेरा अचानक का निर्णय था। श्यामा ने अपना हाथ छुड़ा लिया।

"मैं मम्मी के पास हूँ। आप जाइए।"

उसका निर्णय निर्धारित था।

मैं पलटी। समय मेरे हाथ से रेत की तरह फिसल रहा था। गली ऊबड़-खाबड़ थी, आसपास बबूल के काँटेदार झाड़-झंखाड़ों से भरी...

"भइया! रुकिए। ऐसे कैसे ले जा रहे? पापा की इस अन्तिम यात्रा में मेरा कन्धा न हो, ऐसा कैसे हो सकता है। रुकिए।"

मैंने दौड़कर कन्धा लगा दिया।

इस दौड़ने और कन्धा लगाने के बीच मैंने छोटी और अन्नपूर्णा को हाथ के इशारे से बुलाया। छोटी को दौड़ते हुए खींचने की कोशिश भी की। अन्नपूर्णा को अपने साथ दौड़ाना चाहा। पर कोई मेरे दौड़ने में नहीं दौड़ा, न कोई अपनी जगह से आगे बढ़ा। जब मैंने कन्धा लगा दिया तो जाने क्या सोचकर एक दूर के रिश्तेदार भाई कुछ पीछे हो गये।

"घाट तक जायेंगी?"

अचानक छोटी ने आगे आकर पूछा।

"हाँ, चलो, चलो, चल क्यों नहीं रही?"

"मेरे ससुराल के लोग हैं न। औरतें घाट पर नहीं जाती हैं। श्यामा दी और अन्नू दी के भी घर के लोग हैं।"

"हम सब मिलकर पिता के सारे संस्कार करेंगे। इसमें ससुराल वाले क्यों कुछ कहेंगे? उन्हें बता दो। चलो तुम सब।"

"आप भी! कुछ समझती नहीं हैं। ये मुन्नन जा रहा है न। धीरज इसी से सब करवा देंगे। आप वापस आ जाइए।" उसने अपने छोटे-बेटे की तरफ़ इशारा करके, समझाने वाले भाव से धीमी आवाज़ में कहा।

लेकिन मैं एक नासमझ!

"मुन्नन क्यों करेगा? हम सब हैं तो अपने पिता की सन्तान।"

"आपकी ससुराल नहीं है न तो कैसे समझेंगी?" अब उसने ताना देने वाले अन्दाज़ में कहा, लेकिन धीरे से।

मुझे अच्छा नहीं लगा। यह कोई वक़्त था ऐसी बातें सुनाने का? यह बताने का कि मेरे पास क्या नहीं है? सच था कि मेरे पास ससुराल नहीं थी, पति भी अब नहीं था, जो रोक-टोक करता। एक ही आदमी था दुनिया में, जो मुझे समझता था, समझाता भी था...जो अभी इस वक़्त मेरे कन्धे पर अपनी आख़िरी यात्रा पर निकल पड़ा था...

यह भी कितनी देर में समझ आया था।

कितना कुछ हम देर में जान पाते हैं!

पहले समझ जाते तो हम बीत गये दृश्य में कुछ फेर-बदलकर पाते।

एक और व्यक्ति है, सैकड़ों किलोमीटर की दूरी पर रुका–गीत, मेरा बेटा, शायद मुझे कुछ समझता है।

सामने ट्राली थी, उसके पीछे का दरवाज़ा खुला था। वहाँ पहले गोबर का एक उपला रखा गया। फिर पिता जी को बाँस के बिस्तर समेत। मुन्नन अपनी हवाई चप्पल हाथ में लेकर कूदकर चढ़ा और पिता जी के एक किनारे बैठने की ऊँची जगह पर बैठ गया।

"अब लौट जाओ, बच्ची। हो गया तुम्हारा। कन्धा दे दिया, बहुत अच्छा। जाय के मम्मी के सँभारो।"

ख़ानदान के सबसे बड़े भाई, जो पास के शहर में रहते थे, बहुत मुलायम-से दयार्द्र स्वर में बोले।

"मम्मी के पास श्यामा हैं, भइया।"

मेरे इतना कहते ही छोटी का बड़ा बेटा भी फुर्ती से कूदकर उसी ट्राली में चढ़ गया।

"हे नीली दीदी, आप अब रुक जाइए। श्मशान में भले घर की लड़कियाँ नहीं जातीं।"

ये मेरे दूर के मामा के बेटे थे, जो सुबह की बस से मऊनाथ भंजन से आ गये थे।

मैं उनको कुछ कहती कि जाने किन गाड़ियों से लोग जाने भी लगे। सामने की ट्राली भी चल पड़ी। मुझे क्षोभ ने मानो रुला-सा दिया।

परिस्थिति के बीच में रोना मानो अपने दिमाग़ को बन्दकर देना है।
रोने का लोभ छोड़ देना चाहिए और दिमाग़ से काम लेना चाहिए।

पिता मानो मेरे कानों में कह रहे थे।

"अन्नू, तुम क्यों नहीं चल रही? तुम्हारी एक ही बेटी है, कल तुम्हारा दिन आयेगा तो ये नहीं करेगी?" मैंने अन्नपूर्णा की बाँह पकड़कर हिलाया।

"सब आपकी तरह स्वतन्त्र नहीं हैं।"

इसके बावजूद मैं सबको गुहार रही थी और गाड़ियाँ निकली जा रही थीं।

"हर किसी को अपने जैसा मत समझिए। सबका घर-परिवार है।"

यह सब क्या बोल रही थीं मेरी बहनें! मेरी नज़रों से नज़रें मिल जाने पर बड़ी कठोर रेखाएँ श्यामा के चेहरे पर उभरी थीं पर जल्दी ही उसने अपने को सँभाल लिया और वापस माँ का कन्धा सहलाने लगी।

माँ कभी-कभी साड़ी के पल्लू से चेहरा पोंछतीं और बरामदे की हल्की ठण्ड और हल्की धूप में पसीने से भर जातीं। वे चुप थीं–एकदम चुप। लोग उनके बाल सहलाते, कन्धा सहलाते, हथेली थामते...जाने क्या-क्या कहकर जाने कौन सा हौसला दे रहे थे...

"कोई गाड़ी मेरे जाने के लिए नहीं है तो मैं कैब बुक करती हूँ। किसी को आना है तो आये नहीं तो मुझे जाना ही है।" मैं चिल्लायी।

"कैब यहाँ तक नहीं आती। मेन सड़क तक जाना पड़ेगा।"

किसी ने चेताया।

यह छोटी का मकान था, जो शहर के आउटर में लिया गया था, जिससे कुछ सस्ता मिल सका था। अब यहाँ से कहीं तक जाने के लिए कैब बुलाना हो तो निकलकर पैदल मेन सड़क तक जाना होगा। यह पैदल जाना बबूल के छोटे-बड़े पेड़ों के कारण ज़रा और कठिन बन गया था। यह बात सच थी। पापा चलने में कठिनाई हो जाने पर यहाँ आकर रहने लगे थे। इसके पीछे कई कारण थे। एक कारण तो सीधा था छोटी की मदद, जो वे अपने पेंशन के पैसे से करते रहते थे और इस पर कभी किसी ने उनसे कुछ नहीं पूछा था। दूसरा कारण था कि माधोपुरा से इस शहर

की दूरी, जिसे तय करना आसान था, मुश्किल से साढ़े तीन से चार घण्टे लगते और शहर आपकी मुट्ठी में होता। लोग इस बड़े शहर आते जाते रहते थे तो अपने लोगों से मिलते रहने का एक अहसास भी बना ही रहता। वैसे एक सच यह भी था कि पिता को मेरे पास मुम्बई रहना भाया था, पर माँ को नहीं। और बुढ़ापे की इस उम्र में पिता, माँ के बिना रहना नहीं चाहते थे! एक अतिरिक्त मोह उनमें माँ के लिए पैदा हो गया था! और माँ, उन्हें अच्छा नहीं लगता। वे माधोपुरा के अपने लोगों के बीच होना चाहतीं पर कुछ बोलती नहीं। अपनी असली भावना ज़ाहिर करना धीरे-धीरे वे भूल गयी थीं! पता नहीं मेरा यह सोचना कितना ठीक था! पर लगता यही था।

जब मैं कैब बुक करने की कोशिश कर रही थी, अचानक हॉर्न बजाते हुए गली के मुहाने पर एक लाल गाड़ी खड़ी हो गयी।

"किसी को चलना है?" उसके शीशे से झाँकते हुए सदानन्द जी ने पूछा।

"हाँ", मैं दौड़ी।

"अरे, ये अभी तक यहीं हैं?" अन्नपूर्णा हैरान हुई।

"जा रहे हैं। पकड़ लेंगे सबका साथ।" सदानन्द जी ने शीशा चढ़ा लिया।

"अरे रुकिए, जीजा जी।"

कहीं से दौड़ती हुई छोटी आयी और पीछे की सीट पर मेरी बग़ल में बैठ गयी।

"अन्नू को चलना चाहिए था। श्यामा की तो चलो ऑर्थोडॉक्स फ़ैमिली है।" गाड़ी के स्पीड पकड़ने के कुछ देर बाद मैंने कहा।

कई सवाल हवा में लटके रह जाते हैं।

यह भी लटक गया...फिर हवा हो गया...

सवाल जिससे किया गया था, शायद उसके लिए जवाब देने की अहमियत नहीं थी। सदानन्द जी अन्नपूर्णा के पति थे और बड़े पद पर प्रतिष्ठित थे। मैं समझती थी कि इतना पढ़-लिखकर वे प्रगतिशील दृष्टि रखते होंगे। उनसे कभी मेरी अधिक बात नहीं हुई थी। औपचारिक बातों से आगे कभी नहीं। हाँ, धन का घमण्ड है, यह जानती थी।

यह मैं क्या सोच रही थी? बिना यह देखे कि अभी, बिल्कुल अभी सदानन्द जी ने बिना किसी झिझक, बिना किसी सवाल, मुझे गाड़ी में बैठा लिया था, वह भी श्मशान घाट ले जाने के लिए!

यह सोचते ही पल भर पहले उपजी मेरी नाराज़गी ख़त्म हो गयी।

अब मुझे सदानन्द जी ठीक लगने लगे।

"सदानन्द जी, वहाँ हमलोग इलेक्ट्रॉनिक क्रिमेशन करेंगे। पापा कितने उदार विचारों के थे। हमें इलेक्ट्रॉनिक क्रिमेशन में ही जाना चाहिए। है न?"

"हूँ..."

कुछ लम्बा-सा 'हूँ' करने के बाद पता नहीं क्या सोचकर वे बोले–

"नीली दी, आप अभी आयी हैं, यहाँ का आपको कुछ पता नहीं। इलेक्ट्रॉनिक क्रिमेशन केवल कोविड डेथ के लिए है। हम लोग नहीं जा सकते। हमें परम्परागत तरीक़े से ही करना पड़ेगा।"

"अच्छा! लेकिन कोविड तो अब खत्म हो चुका।"

"उसका डर तो अभी नहीं गया और ये आपका मुम्बई नहीं है।" छोटी ने मुझे याद दिलाया।

छोटी के हाथ में एक थैला था, जिसमें सफ़ेद पैजामा-कुर्ता और सफ़ेद गमछा रखा था। शायद इसे ही लेने वो घर के अन्दर गयी थी और दौड़ती हुई आकर गाड़ी में बैठ गयी थी। वैसे उसके हाथ के थैले में रखे सामान पर मेरा ध्यान अभी नहीं गया था। वह तो जब हम 'बैकुण्ठ धाम' पर उतरे और उतरते वक़्त उसके हाथ से थैला गिर गया और उसमें से निकलकर पैजामा-कुर्ता बिखर गया, तब मुझे पता चला। हालाँकि उसने जल्दी से सामान उठाया और हाथ से झाड़ते हुए थैले में ठूँस दिया। मेरा दिमाग़ अचानक खुल गया।

पापा ने कहा था, *विकट परिस्थिति में दिमाग़ खुला रखना चाहिए।*

किसके लिए यह झक सफ़ेद पैजामा-कुर्ता?

मैं दौड़कर उधर पहुँची, जहाँ मेरे ममेरे, चचेरे, फुफेरे भाई लोग खड़े इन्तज़ार कर रहे थे।

किसका इन्तज़ार?

पीछे छूट गयी एक और गाड़ी का।

"अरे ज़रा फ़ोन लगाइए, कहाँ रुक गये बड़का भइया? ऐ चिंटू जी।"

चिंटू जी फ़ोन लगाने लग गये।

"लीजिए, आ गये। आप ही को फ़ोन लगा रहे थे।"

"गप्पू जी, इधर आइए, इधर, उतरवाइए।"

वे लोग लपके, लपकने में सदानन्द जी भी लपके और छोटी के दोनों बेटे भी।

"दामाद कन्धा नहीं देते हैं। आप उधर, पीछे आइए सदानन्द जी।"

"भइया, थोड़ा जगह दीजिए। मैं भी कन्धा लगाऊँगी।"

"हो त गइल एक बार। अब रहे दा, बुच्ची।"

बड़का भइया समझाते हुए बोले।

लेकिन मुझे कहाँ अब बड़का भइया की बात सुननी थी। मैंने अपने ममेरे भाई को हटाया, चिंटू भैया ने भी हटकर जगह दे दी। इतने सारे कन्धों पर पिता को सीढ़ियों से नीचे उतारा गया।

अचानक कहीं से एक नाऊ प्रकट हुआ और पेड़ के नीचे बने चबूतरे पर बैठे छोटी के छोटे लड़के मुन्नन के बाल छीलने लगा।

"अरे! मुन्नन का क्यों?" मेरे दिमाग़ में झक्क सफ़ेद कुर्ता-पैजामा उभरा।

बाल मुड़वाकर मुन्नन नहाने चला गया। कुछ पास ही दीवार घेरकर नहाने की खुली व्यवस्था थी। बहुत-से नल लगे थे, अगल-बग़ल कई लोग नहा रहे थे। बन्द जगह नहीं थी। औरतें वहाँ नहीं नहा सकती थीं। मैं भी मुन्नन के पीछे भागी, पर वहाँ जाकर रुक गयी। एक तो औरतों के नहाने की जगह नहीं थी वहाँ और दूसरा मेरे पास कोई और कपड़ा, मतलब नहाकर पहनने के लिए दूसरा कपड़ा भी नहीं था। तो मैं वापस आ गयी।

इधर भाई लोग और कुछ दूर के चाचा-मामा लोग लकड़ियाँ चुनने लगे।

चिता पर लकड़ियाँ रखी जा रही थीं। सभी लोग यथा सम्भव लकड़ियाँ लगा रहे थे। मैं भी लगाने लगी कि सामने का दृश्य देखकर रुक गयी। सामने मुन्नन सफ़ेद कुर्ता-पैजामा पहने गले में गमछा टाँगें चला आ रहा था।

"भइया, पापा को मुखाग्नि हमलोग देंगे। हमलोग उनकी सन्तान जीवित हैं।" मैंने लकड़ियाँ चुनना छोड़कर कहा।

"अरे बच्ची, अब छोड़ा। उ त न करिहें, मने छोटी न करेंगी। उनके लड़का से करा लेंगे। अब तू ज़रा पीछे हटा।" बड़का भैया ने मुझे हाथ के इशारे से पीछे किया। लेकिन मैं पीछे नहीं हुई।

"ये क्या बात है भैया। जब मैं हूँ तो..."

"तू त ढेर पढ़ल-लिखल बाड़ू, शास्त्रन में लिखल बा, लड़कियन से न करायल जाला इ सब।"

"कौन से शास्त्र? वहाँ भी ऐसी परिस्थितियाँ आयी होंगी। ऐसे समय आये हैं, जब स्त्रियों ने यह सब सँभाला है। और लड़कियाँ भी तो अपने पिता की सन्तान हैं। अब तो सुप्रीम कोर्ट ने उन्हें पिता की सम्पत्ति में..."

"समझ गये। लेकिन हमारे यहाँ नहीं होता। मुन्नन को करने दो। पुत्र को करना चाहिए। पुत्र न हो तो नाती कर सकता है।" एक भाई पास आकर बोले।

"हम लोग जीवित हैं, बच्ची। कोई न होगा तो हम करेंगे।"

"नहीं भैया, अब पुत्र का अर्थ सन्तान मानना होगा और अपने पिता की सन्तान हमलोग भी जीवित हैं। हमलोग एक पढ़े-लिखे परिवार का हिस्सा रहे हैं। ऐसी पुरानी और जड़ बातें आप लोगों पर शोभा नहीं देतीं। मैं करूँगी।"

मैंने निश्चयात्मक वाक्य कहकर एक हाथ से आँसू पोंछा और दूसरा हाथ उठाकर पण्डित जी को निर्देश दिया।

"बताइए पण्डित जी, क्या करना है?"

"देखा बच्ची, लड़कियाँ भावुक होती हैं। माँ स्वरूपा होती हैं, इसी से ये सब काम उन्हें वर्जित है।"

"क्या कह रहे हैं, मामा जी? लड़के क्या क्रूर होते हैं? ऐसा नहीं है। दोनों में भावनाएँ हैं। यह मामला भावुक होने, न होने का नहीं है। यह सीधा-सीधा अधिकार का मामला है। और लड़कियों को भी पिता की सम्पत्ति में ही नहीं, उन सारे कार्यों में भागीदारी चाहिए जो अधिकार से जुड़ते हैं। भैया, बहस करने से कोई फ़ायदा नहीं। मैं अपना अधिकार नहीं छोड़ूँगी। पापा ने मुझे किसी लड़के से कम नहीं पाला-पोसा, पढ़ाया-लिखाया, मुझ पर कितना अधिकार जताया। एक बार तो कहने लगे कि बीमार हूँ आकर मुम्बई ले चलो। वहीं इलाज हो पायेगा, यहाँ का डॉक्टर फेल हो चुका है। मेरे लिए उस वक़्त आना मुश्किल था, पर पापा ने कह दिया कि 'क्या इसी दिन के लिए पढ़ाया-लिखाया था, सोचिए, मैं नौकरी का काम छोड़कर भागी आयी और मुम्बई ले गयी। पापा सचमुच वहाँ के इलाज से ठीक हो गये। यह उम्मीद सिर्फ़ लड़कों से की जाती थी न। लेकिन मेरे पिता ने मुझसे यह उम्मीद की थी और मैं उनकी कसौटी पर ख़री उतरी थी तो अब क्यों नहीं? नहीं भैया, मैं अपने पिता की बेटी हूँ, मेरे इस निर्णय से उनकी आत्मा प्रसन्न ही होगी। चलिए, पण्डित जी।"

इस लम्बे-चौड़े भाषण से इतना ज़रूर हुआ कि मेरी हिम्मत जो कुछ देर पहले ज़रा-सा डोल रही थी, वापस आ गयी और मैं दौड़कर ऊपर चढ़ गयी, जहाँ बाँस की शय्या पर लेटे पिता इन्तज़ार कर रहे थे।

इस ग़ुस्से और विद्रोह से यह भी हुआ कि रिश्तेदारों का प्रबल विरोध ज़रा कमज़ोर पड़ने लगा। फिर उन्होंने दूसरी बातें शुरू कीं–"दस दिन तक बड़ी साधना से रहना पड़ेगा। तुम्हें पता नहीं।"

"अरे दीदी, कहाँ आप ये सब करने जा रही हैं। रहने दीजिए।"

"दस दिन तक विधि विधान करना पड़ेगा, सोच लो न तो रहने दो। शुद्ध नहीं माना जायेगा। अलग रहना, खाना एक वक़्त, घंट पूजा वग़ैरह...तुम्हें कुछ पता है नहीं। नाहक कूद रही हो।"

"अच्छा, वो सब बाद का है न। अभी वाला करने दीजिए।"

मैंने एक बार फिर छोटी को खोजा लेकिन छोटी नीचे खड़ी थी और क्रोधपूर्ण नज़रों से मुझे घूर रही थी। मेरे देखते ही उसने चिल्लाकर और हाथ उठाकर कहा–"नीचे आ जाइए। सबकी बात मानिए। क्या करने जा रही हैं? ठीक नहीं है। मुन्नन को करने दीजिए।"

मुन्नन ऊपर आकर ठिठका-सा कुछ दूरी पर खड़ा था। मैं चाह रही थी कि हम सब बहनें मिलकर पिता को अन्तिम प्रणाम करें, लेकिन...

मैंने नज़रें हटा लीं।

पण्डित जी ने मेरे हाथ में कुश पकड़ा दिया। जैसे ही गोत्र का उच्चारण करने को पण्डित जी ने कहा, तुरन्त बड़का भैया बोल उठे–

"अब इनका तो गोत्र ही बदल गया। इसीलिए कह रहे थे कि..."

"भैया, आप विज्ञान को बदल देंगे क्या? मेरा गोत्र कैसे बदल सकता है? वह तो मेरे पिता का ही रहेगा। मेरा रक्त नहीं बदला है, मेरे बच्चों का गोत्र बदला है।" इतना जवाब देकर मैंने अपना यानी कि अपने पिता का गोत्र उच्चारण किया।

भैया को ख़राब लगना ही था। वे ऐसा नाराज़ हुए कि कुछ देर इधर-उधर देखने के बाद गुस्से को न दबा सके और निकल गये...उनके पीछे-पीछे कई और लोग चले गये...

ठेस गहरी थी
गहरे रंग की थी...

दूसरा दिन–सन्तराम का प्रवचन चल रहा है

जब मैं सुबह पीपल के पेड़ पर घंट बँधवाकर लौटी और बरामदे वाले नल पर हाथ-पैर धोकर घर में घुसी तो दृश्य बदल चुका था। सोचा था अपनी चौकी पर बैठकर कुछ देर ध्यान करूँगी और कार्न फ़्लेक्स माँगकर खाऊँगी, जिससे बीपी की दवा खा सकूँ। लेकिन बरामदे में ही मुझसे घर का काम करने वाली रमना टकरायी और रोककर बोली–"ज़रा देखकर भीतर जाइए। प्रवचन चल रहा है।"

"प्रवचन? कोई आया है?"

उसने कोई जवाब नहीं दिया। गाय की रोटी हाथ में पकड़े गेट के बाहर निकल गयी। कौन आकर प्रवचन दे रहा है? मैंने दरवाज़े के पास पहुँचकर ध्यान दिया कि आवाज़ तो आ रही थी, वह भी श्यामा की! तो क्या श्यामा? हैरानी से मैंने दरवाज़ा खोला तो एक क्षण को खड़ी रह गयी। श्यामा मेरी चौकी से ज़रा ही दूर लगी दूसरी चौकी पर पालथी मारकर बैठे बड़े मनोयोग से कुछ बोले जा रही थी। उसके पास खड़ी छोटी ऐसे सुन रही थी, जैसे भक्त प्रभु के दरबार में बैठा हो।

मैंने इशारे से पूछा कि क्या चल रहा है? अन्नू ने इशारे से ही मुझे आवाज़ न करने के लिए कहा। ऐसा लगता था कि उसे इस प्रवचन में आस्था नहीं है, वह खीझी हुई लग रही थी और किचन में लगातार आना-जाना बनाये हुई थी। शायद श्यामा के चौकी पर जमकर बैठ जाने से और छोटी के भक्त की भूमिका में शिफ़्ट हो जाने से अब किचन का कार्यभार उसी पर आ पड़ा था। वह दौड़-दौड़कर माँ को कभी गरम पानी दे रही थी, कभी उनका तौलिया, कभी उनका ख़ास आरारोट वाला बिना चीनी का बिस्किट...

मैं अपनी चौकी पर धीरे से बैठ गयी। इशारे से कार्न फ़्लेक्स माँगने लगी कि कोई लाकर मेरे अंजली में थोड़ा-सा कार्न फ़्लेक्स छोड़ जाओ। पर छोटी भक्ति-भाव में डूबी थी। उसका बड़ा बेटा टुन्नन, जो कमरे के एक कोने में ही ज़्यादातर समय रहता था, बाहर कम निकलता और बात भी बहुत कम करता। यह अलग बात थी

कि अगर वह बोलता तो उसकी लड़कियों जैसी आवाज़ एकदम से ध्यान खींच लेती। वही टुन्नन किचन में आकर एक गिलास में भरकर दूध लेकर कमरे में चला गया। उसने मेरी तरफ़ देखा तक नहीं। अन्नू देखकर, समझकर भी तरजीह नहीं दे रही थी, बल्कि तरजीह देने का समय नहीं निकालना चाहती थी। उसे छत के एकमात्र कमरे में बैठे मर्दों को नाश्ता भी पहुँचाना था।

मैं ज़ोर से बोलकर मुन्नन को बुला सकती थी, जो अभी मुझे स्कूटर से लेकर लौटा था और मुझे उतारकर, स्कूटर मोड़कर, जाने कहाँ चला गया था या शायद गेट के बाहर ही कहीं दोस्त-मित्रों के दल के साथ था। माँ मेरी तरफ़ देखकर भी नहीं देख रही थीं।

"आत्मा कहाँ जाती है...मरने के बाद इस रहस्य को समझने का सिर्फ़ एक ही तरीक़ा...परमात्मा आपके ग़लत मार्ग पर चलने को कभी क्षमा नहीं करता...वह किसी न किसी रूप में आपको दण्ड देता है..."

"ए छोटी, अब ज़रा इधर देखो, चार ठो कप और चार ठो प्लेट निकाल दो। समोसा ऊपर कौन पहुँचायेगा?"

अन्नू ने गुस्ताख़ी कर दी। ये छोटी का घर था और किचन के सामान की सही और सटीक जानकारी उसी के पास थी।

"चुप रहिए। मैं अभी सुन रही हूँ। हाँ तो बताइए प्रभु!"

"सन्तराम जी बोल रहे हैं..." सदानन्द जी भीतर आये। वे अपने घर से सीधे आ रहे थे और ज़रा हैरान से मज़ाक़ के स्वर में बोल पड़े।

"आप ध्यान से सुनेंगे तो समझेंगे कि आपको ईश्वर ने किसी उद्देश्य के लिए धरती पर भेजा है...चलिए बैठ जाइए।" श्यामा ने सदानन्द जी से आदेशात्मक स्वर में कहा।

वे क्षण भर को सकपकाये, फिर बैठ गये।

"कौनो उद्देश्य देता उ भगवान, मने आपके अनुसार वही परमात्मा, तो हमें पता तो चलता न। आज तक तो पता न चला। न नौकरी न चाकरी, अरे श्यामा दी, इस जीवन से हम आजिज़ आ गये हैं। बताइए ज़रा, कौन उद्देश्य है इसमें। लगता है भुला गये उद्देश्य बाँटत बेरा।" चिंटू भैया नाश्ता का इन्तज़ार करते-करते नीचे आ गये थे और बस आख़िरी वाक्य को ही सुन पाये थे।

"ऐसा नहीं है, चिंटू भैया। आपके जीवन का उद्देश्य आपके पैदा होने के साथ बन गया था..."

"इ नाश्ता की हैं कि सुबहिएं से बैठ गयीं प्रवचन छाँटने?"

"कुछ खाने को तो हमें भी चाहिए।" मौक़ा देख मैंने भी अपनी माँग रख दी।

"आप लोग! हमेशा खाने पर ध्यान मत लगाइए। ये देखिए कि आपका कर्म क्या है? क्या आपने अपने जीवन में जो मार्ग चुना है, वह आपको ईश्वर के निकट ले जाता है?...नहीं, क्यों नहीं...कभी सोचा आपने कि क्यों आपको आपके कर्मों का फल भी नहीं मिलता..."

पता नहीं कब छोटी वहाँ से उठकर नाश्ता पानी कर आयी। शायद तब, जब भक्तगणों की संख्या बढ़ गयी थी।

"और नीली दी, आपको ईश्वर में आस्था नहीं है न?"

मैंने तुरन्त नकार में सिर हिलाया।

"है न तभी तो..."

"ये सब तो आप मजबूरी में कर रही हैं। सबको दिखाने के लिए। सच्चे हृदय से आपने कभी ईश्वर को याद नहीं किया..."

"नहीं, ऐसा नहीं है।"

"बहस करने से सच्चाई नहीं बदल जायेगी। पहले आपने एक विजातीय से शादी कर के धर्म भ्रष्ट किया, फिर ईश्वर के अस्तित्व पर प्रश्नचिह्न लगाकर आपने अपने सारे पुण्य कर्म नष्ट कर दिये..." श्यामा उत्तेजना में कुछ-कुछ काँप रही थी।

"क्या कह रही हो?" मैं समझ नहीं पा रही थी कि अचानक यह आक्रमण क्यों?

"सुने थे आपके पति किसी और जाति के रहे मतलब दक्षिण के। काने थे मतलब कि कान में भी कौनो रोग था मने वो क्या कहते हैं श्रवण यन्त्र, वही न, लगाते थे न...अरे...रे...रे...नाराज़ मत होइएगा मगर साबित तो भगोड़ा हुए न... कहाँ हैं आजकल? कुछ्छो पता चला? दूसरी गृहस्थी तो बसा चुके होंगे कि नहीं... श्यामा दी ज़रा साफ़ बताइए..."

चिंटू भैया को सही और स्पष्ट जानकारी की दरकार थी। वे मुझ पर प्रहार नहीं करना चाहते थे पर कर रहे थे!

"चिंटू भैया, आप ऐसा कैसे बोल रहे? आपस में नहीं बनी तो अलग हो गये, बात सिर्फ़ इतनी-सी है।"

"इतनी-सी बात नहीं है ये..."

"जो ग़लत करता है, उसके साथ ग़लत होता है। वह परम ब्रह्म परमेश्वर सब कुछ देखता है...आपकी आत्मा में ग़लत सोच पैदा हो, यहीं से ग़लती शुरु हो जाती है..."

श्यामा अपनी लय में थी।

मुझे समझ में नहीं आ रहा था कि ऐसी स्थिति में किस तरह क्या कहूँ? प्रवचन धाराप्रवाह आगे बढ़ रहा था कि अचानक श्यामा ने अँगुली मेरी तरफ़ कर दी–

"आपने एक बार मुझे धोखा दिया है।"

"क्या? मैंने? कब?" मैं चकरा गयी। अब ये धोखा कब दे दिया?

"याद करिए, आपकी शादी वाले दिन, आपने मेरा झुमका ग़ायब कर दिया था। उस दिन सबसे बड़ा धोखा मिला था मुझे। आपकी इमेज चूर-चूर हो गयी थी।"

"कौन सा झुमका? कैसी बातें बोले चली जा रही हो? क्या है ये सब?"

मैं अब नाराज़ होने लगी। छोटी झटके से अपनी जगह से उठी और मेरी तरफ़ खड़ी होकर बोली–"प्रवचन में विघ्न डालने से यही होगा। थोड़ी देर चुप बैठ जाइए। बहस करना ज़रूरी है क्या?"

"अरे लेकिन क्या, क्या..."

"सबको पता है। चोर की दाढ़ी में तिनका होता है...सफ़ाई वही देते हैं। आप अपनी आत्मा को निर्मल करिए तभी कुछ हो सकेगा..."

श्यामा अपनी उत्तेजना में कहे जा रही थी।

"लेकिन..."

"लेकिन नहीं। आत्मा का ज्ञान...जो आत्माएँ परमात्मा में नहीं मिलतीं, वे क्यों नहीं मिलती...क्योंकि कलुष होता है...मन मैला होता है...मेरो मन मैलो हो गयो राम..."

श्यामा गाने लग गयी। उसके साथ हाथ से चुटकी बजाते हुए छोटी भी हल्का-हल्का गाने लग गयी। चिंटू भैया कभी किनारे की दूसरी चौकी पर लेट जाते, कभी हतप्रभ से उठकर देखने लगते।

इस बीच मेरी भूख कुलाँचे मारने लगी। बीपी की दवा खाना नहीं हो सका। गैस का चूल्हा कहीं से आना था, नहीं आया। तो मैं ख़ुद से कुछ बना नहीं सकती थी, चाय भी नहीं। मैंने माँ की तरफ़ देखा, ऐसे हर वक़्त पर वे अपनी खटिया पर लेटकर कम्बल मुँह तक ओढ़ लेतीं।

"अब मुझे कुछ दो, बीपी की दवा खानी है।"

आख़िरकार मैंने ज़रा तेज़ आवाज़ में कहा।

"इसीलिए तो कहा था..."

"जो कहा था, उसे बाद में सुनेंगे, अभी कुछ भी दो, बिस्किट ही दे दो।"

अन्नपूर्णा बिस्किट और एक समोसा ले आयी। उसने मेरी अँजुरी में छोड़ दिया।

"समोसा खा-खाकर व्रत रहेंगी!"

मैंने इस व्यंग्य बाण को झेल लिया। कोई दूसरा उपाय भी नहीं था। एक वक़्त खाना खाकर रहना अब इस उम्र में दवाओं के साथ कठिन था।

इधर प्रवचन चलता जा रहा था। उधर कोई गैस का चूल्हा ले आया। एक हल्का-सा हल्ला उठा कि चूल्हा आ गया, चूल्हा आ गया। कुछ देर में मोहल्ले की

एक औरत कुकर दे गयी। लो आ गयी मेरी गृहस्थी! अब एक वक़्त खाना बनाया जा सकता है और उसे दो वक़्त के लिए बचाया भी।

"नीली दी, आप ध्यान नहीं दे रहीं? ध्यान देंगी तभी आत्मज्ञान प्राप्त कर सकेंगी। सुनिए..." श्यामा का स्वर।

मुझे अब कौन-सा आत्मज्ञान चाहिए? मैंने अपने से प्रश्न किया।

"आपने कभी रात में, आँगन में सूखते कपड़े देखे हैं? उन कपड़ों की छाया पर कभी आपका ध्यान गया है?..."

"कपड़े?" ये क्या बला है? मैं समोसा खाती रही। फिर उठकर बीपी की दवा भी खा ली।

"आस्था के अभाव में ऐसा ही होता है। आपके सामने ज्ञान की गंगा जमुना बह रही हो और आप समोसा खाने में लगे हों...मैंने पूछा कि, "क्या आपने रात में, आँगन में..."

"हाँ-हाँ, देखा है तो..." मैंने समोसा मुँह में भरे-भरे जल्दी से कहा कि कहीं कोई और भयानक बात न सुनने को मिल जाये।

"उन कपड़ों की छाया देखी है? ध्यान नहीं गया होगा। आस्थावान व्यक्ति को ज़रूर वे छायाएँ नज़र आयेंगी। वे छायाएँ अनेक प्रकार की आकृतियों में डोलती हैं। आपके आँगन में, बालकोनी में, बाहर के इलाक़े में जहाँ आपने कपड़े डाले हैं... कपड़ों की छाया में वे आकृतियाँ दरअसल आत्माएँ हैं–भटकी हुई आत्माएँ, जो परमात्मा से नहीं मिल पायीं..."

"क्या?" यह सचमुच चौंकाने वाली बात थी। कपड़े की छाया और आत्मा?

"वे आत्माएँ आपके घर के भीतर भटकती हैं...अतृप्त आत्माएँ..."

"आपकी आत्मा तो भटकेगी न?"

बहुत धीरे से आकर जिस लड़की ने मेरे कान में कहा, वो अन्नपूर्णा की बेटी नैना थी।

"क्योंकि आपने पाप किया है।"

"कौन सा पाप?"

"ऐं क्या बोलती है। चुप रह।" अन्नू गरजी।

लड़की यह कहते-कहते रुक गयी कि "नाना जी को मुखाग्नि देने का पाप या शायद दूसरी जाति में शादी करने का पाप या शायद कोई और पाप, जिसके बारे में अब तक मैं अनजान हूँ।"

ओह, मैं अपने आप को एक क्षण के लिए कोस बैठी कि मैंने ये रुकने का फ़ैसला गीत की बात मानकर क्यों ही किया।

बीच में श्यामा को चाय मिली, उसने पी, लेकिन प्रवचन नहीं रोका। बीच में उसे समोसा भी मिला, उसने ज़रा-सा रुककर समोसा खा लिया, लेकिन प्रवचन फिर भी चलता रहा। ऐसे ही बीच में उठकर बाथरूम भी हो आयी पर प्रवचन...

बीच में मोहल्ले के कुछ लोग मिलने चले आये, तो उन्हें भी आत्मा-परमात्मा की जानकारी मिली। बीच में खाना भी ऐसे ही खाया, पर प्रवचन...

बीच में खाना और बोलते जाना इसलिए नहीं था कि यह उसके अभ्यास में था, बल्कि इसलिए था कि छोटी भक्ति-भाव दिखाकर उसे खाने के लिए कहती तो श्यामा खा लेती, पर प्रवचन पर से उसका ध्यान नहीं हटता। अगर उसे कोई खाने के लिए मनुहार न करता तो शायद वह सारे दिन भूखी ही रह जाती। फ़िलहाल ख़ुद की भूख और भोजन के बारे में वह भूल चुकी थी, फ़िलहाल भोजन उसके लिए एक क्षुद्र वस्तु की तरह था, जिसे खाना या न खाना मनुष्य जीवन के लिए महत्त्वहीन था।

बाप रे! हमने आज तक जाना था कि भोजन मनुष्य जीवन का मूल है।

"आप का ध्यान किधर है? क्या आप अजामिल पापी की तरह होना चाहती हैं?" श्यामा की भक्ति रस वाली गर्जना थी।

मुझे याद आया कि पापा ने बचपन में अजामिल की कहानी सुनायी थी, पर वह कितना पापी सिद्ध हुआ था, यह मुझे अभी इस क्षण याद नहीं आ रहा था।

"भटकती हुई आत्मा आपके अपने परिवार का नाश करती है..."

"अगर जीवित शरीर के भीतर आत्मा भटके तो...?"

मैंने अनजाने एक प्रश्न कर डाला या शायद घबड़ाकर या शायद उसे रोकने के इरादे से, जो भी हो मेरे प्रश्न से चौंककर नैना नाम की लड़की मेरे पास तक चली आयी। चिंटू भैया अपने मोबाइल से सिर उठाकर देखने लगे। माँ ने कम्बल से अपना सिर बाहर निकाल लिया। अन्नू किचन से बाहर आकर खड़ी हो गयी। छोटी कुछ नाराज़गी से मुझे घूरने लगी।

पर मैं प्रश्न को वापस नहीं ले सकती थी।

प्रश्न अब हाथ से छूटा हुआ तीर था...

"तो क्या आपकी आत्मा आपके जीवित शरीर में भटक रही है? मैं कहती हूँ आप आज से ही प्रभु राम का नाम लीजिए, आपका भटकना और निराशा दूर हो जायेगी। बाद में आप घुटनों के बल आकर मुझे कहेंगी कि मैंने आपको कैसा अचूक उपाय बताया। छोटी, इन्हें लड्डू का प्रसाद दो..."

छोटी चकरा गयी। लड्डू थे नहीं, घर में शोक के समय पूजा हो नहीं रही थी तो प्रसाद कहाँ से होगा? दसवीं से पहले मिठाई तो नहीं आ सकती। वह कुछ सोचते

हुए खड़ी हुई फिर अन्नपूर्णा की तरफ़ हाथ उठाकर बोली–"ऐ अन्नू दी, ज़रा नीले वाले डिब्बे में से एक ठो बिस्किट इन्हें प्रसाद में दे दीजिए।"

फिर प्रवचनकारी सन्त की तरफ़ मुड़कर बोली, "हे प्रभु, इस समय यही प्रसाद उपलब्ध है।"

सन्त ने इस पर ख़ास ध्यान नहीं दिया और अपनी बातों को कुछ और तेज़ स्वर में कहना शुरू किया–"हाँ, तो आत्मा परमात्मा का ही अंश है और वह...'

इस बीच फिर से मुझे अँजुरी बनानी पड़ी, जिसमें एक बिस्किट डाला गया।

दिन बीतने लगा, लोग उठते और अपना काम कर आते, लेकिन कोई-न-कोई छोटी की निगरानी में वहाँ प्रवचन सुनने बैठा रहता।

मैं भी उठी और चूल्हे पर खिचड़ी चढ़ा आयी। मुझे थोड़ा चावल और मूँग की दाल दी गयी थी। दिन बीता और रात ने अपना विस्तार किया। पर प्रवचन न रुका, न रुकने की सम्भावना दिखी। अब मुझे सचमुच चिन्ता हुई। यह तो प्रलाप है।

"कितनी देर से बोल रही हो? अब थोड़ा आराम करना चाहिए।"

"आराम तो हराम है, नीली दी। आपने आराम करके अपनी आत्मा को मलिन कर दिया है। आपको जानकर आश्चर्य होगा पर ऐसा आश्चर्य सिर्फ़ मैं कर सकती हूँ, मैं सोलह घण्टे लगातार बोल सकती हूँ। अभी आपने सुना ही क्या? मुझे अपने आप ज्ञान का बोध होता है और एक के बाद एक मेरे मुँह से वाक्य निकलते चले जाते हैं जैसे स्वयं ईश्वर आकर बोल रहा हो..." श्यामा ने अब अपना गुणगान शुरू किया। वो ये कर सकती है, वो कर सकती है...

"अच्छा ठीक है, भई। लेकिन जो कुछ बोल रही हो, उसका स्रोत क्या है? मतलब वेद-वेदान्त कहीं से तो लिया होगा? मतलब भारतीय दर्शन की किन धाराओं से ग्रहण किया है? मतलब अद्वैत, द्वैताद्वैत, द्वैत, विशिष्टाद्वैत...कौन सी किताबें पढ़ीं..."

बस, मैंने फिर अपराध कर दिया। श्यामा भड़क उठी।

"किताबें? आप लोग किताबों का रट्टा लगाते हैं। उस महाप्रभु के भक्तों को किताबों की कोई ज़रूरत नहीं। भगवान ख़ुद आकर हमारी जिह्वा पर बैठ जाते हैं और जो-जो वे आदेश देते जाते हैं, हम बोलते चले जाते हैं...चाहें तो कई दिन तक बोल सकते हैं...लेकिन आपको समझ नहीं आयेगा...इसके लिए आस्था ज़रूरी है..." उसने ग़ुस्सा कर कहा।

"आप क्यों उलझ रही हैं। सो जाइए। ये सब तो चलता रहेगा।"

छोटी ने इतने आसान तरीक़े से कहा कि मैं हैरान रह गयी। क्या यह सब जो चलता रहेगा, इतना सामान्य था?

अब नींद किसे आ सकती है?

"छोटी, मुझे ये सही नहीं लग रहा। किसी का भी इतना लगातार बोलना नार्मल नहीं है। कुछ करना चाहिए। मतलब इलाज..."

मैंने भरसक धीरे से कहा।

"चुप रहिए, यहीं महाभारत करवाइएगा क्या? अभी आपकी जो ख़ातिरदारी की गयी है, कम है क्या?"

छोटी ने भी भरसक धीरे से कहा। छोटी अपने घर में कुछ भी अप्रिय नहीं चाहती, यह तो समझ में आ सकता था, पर छोटी श्यामा के इस प्रवचन को इस तरह सराह रही थी, यह समझ से परे था!

"आपसे क्या? अपने से मतलब रखिए। अपने को हमेशा ज़्यादा बुद्धिमान मत समझिए।"

अन्नपूर्णा भी आकर कह गयी।

"मैं अपने को क्या समझती हूँ, यह तो बात ही नहीं है। तुम लोग देख तो रही हो, क्या हो रहा है? ये ठीक स्थिति नहीं। किसी को दिखाना चाहिए..."

मुझे सुनने वाला कोई नहीं था। माँ ने कम्बल में सिर ढँक लिया था। मैं भी अपनी चौकी पर लेट गयी। नींद न आने की बीमारी मुझ पर अपना क़ब्ज़ा कर बैठी। पर मेरे ख़यालों में श्यामा बनी रही...अभी जो प्रवचन दे रही है, उससे अलग श्यामा, जो वह थी...

तभी मुझे यह भी ख़याल आया कि क्यों न गीत से यह सब कुछ बताऊँ। यह सब जो मुझे ठीक नहीं लग रहा। बचपन की परिस्थितियाँ या माँ का नौकरीपेशा होना भी बच्चों को समझदार बनाता है। मैंने गीत को श्यामा की सारी स्थिति मैसेज में लिखी और इन्तज़ार करने लगी कि अगर गीत अब तक पढ़ रहा होगा तो निश्चित ही मेरा सन्देश देखेगा। कारण कि हम दोनों ने अपने-अपने मोबाइल में एक-दूसरे के सन्देश के लिए एक ख़ास तरह की ट्यून सेट की थी। बाक़ियों के सन्देश हम चाहे जब देखें, पर माँ-बेटे एक-दूसरे का सन्देश इसी ट्यून के कारण तुरन्त देख लेते थे।

जैसा कि मैंने सोचा ही था, गीत ने तुरन्त सन्देश देख लिया। उसने और स्थिति जाननी चाही और चिन्ता भी जतायी। फिर उसने मुझे याद दिलाया कि डॉ. वी. सूजा ने मुझे एक ऐसी दवा दी है, जिसे मैं चलते-फिरते कहीं भी खा सकूँ और अपने को डिप्रेशन की तेज़ मार से कुछ बचा लूँ, इस दवा को मैं अपने पर्स में हरदम रखती हूँ। श्यामा को गहरा डिप्रेशन हो सकता है। उसके बच्चे भी अब साथ नहीं रहते, बाहर

पढ़ते हैं, हो सकता है कि अकेलेपन की वजह से ऐसा हो रहा हो। जो भी हो, स्थिति को नज़रअन्दाज़ करना ठीक नहीं। तो उस दवा को क्यों न श्यामा को दे दिया जाये।

"हाँ, दे दो, मैंने अभी अपने एक एमबीबीएस वाले दोस्त से पूछ लिया है। वह भी कह रहा कि सेफ़ है।"

बात मुझे भी ठीक लगी। मैंने अपनी गर्म चादर से मुँह निकालकर देखा। माँ का सिर अभी कम्बल के भीतर था। छोटी अभी भी इधर-उधर डोलती हुई श्यामा के पास ही बनी हुई थी। बल्कि श्यामा को अपने भक्ति-भाव से प्रवचन सुनने का भरोसा भी दे रही थी। अन्नू और नैना में कुछ अलग कहा-सुनी हो रही थी। चिंटू भैया, धीरज और छोटी के दोनों लड़के ऊपर के कमरे में सो रहे थे। रात के एक बज रहे थे।

सोलह घण्टे बीत चुके थे, प्रवचन की धार कुछ मन्द पड़ जाती थी, फिर तेज़ हो जाती थी। मैं आहिस्ता-आहिस्ता उठी। पर्स तक जाने में आवाज़ ज़्यादा हो सकती थी तो अपनी चौकी के नीचे रखे दवा के एक पैकेट, जिसमें बीपी, थायराइड से लेकर बुख़ार आदि की भी दवाएँ थीं, कम-से-कम आवाज़ करते हुए उसे निकाला। मेरे दवा निकालने की प्रक्रिया में श्यामा ने मुझे फिर सम्बोधित किया पर इस बार मैंने इस पुकार को नज़रअन्दाज़ कर दवा खोजने में ध्यान लगाये रखा।

दवा मिल गयी, पर दिया कैसे जाये? यह यक्ष प्रश्न खड़ा हो गया।

"सामान्य तौर पर कब ख़त्म होता है प्रवचन?"

"कभी-कभी तीन चार भी बज जाते हैं। कभी जल्दी भी। आप सोइए। सब लोग सो जायेंगे, तभी जल्दी ख़त्म होगा।"

"अच्छा! यह तो सत्रह घण्टे से भी ज़्यादा हो जायेगा। आदमी बेहोश भी तो हो सकता है ऐसे बोलते-बोलते।"

"अरे पूछिए मत। सबकी नींद हराम।"

"अरे, कभी-कभी पगला जाती हैं। ऐसे ही दिन भर प्रवचन देती हैं। आपने इधर नहीं देखा न, कई साल बाद तो इनसे मिल रही होंगी। इसीलिए चौंक रही हैं। इस बीच कितना पानी बह गया!"

"जब काम नहीं करना होता है न, तब ऐसे ही प्रवचन लेकर बैठ जाती हैं। कभी 'रेकी विधि' पर लग जाती हैं तो कभी सन्तराम बन जाती हैं।"

अन्नपूर्णा ग़ुस्सा गयी। उसने आज किचन अकेले ही सँभाला था।

"रेकी?"

"पूछिए मत। इनकी रेकी विधि से सब परेशान हैं। अति करती हैं न।"

अब कैसे क्या करूँ? का सवाल था। छोटी और अन्नपूर्णा से कुछ कहूंगी तो कहीं बात का बतंगड़ न बना डालें। नैना जग रही थी, उससे शायद बात बन जाये।

मैंने उसे बुलाकर कहा कि यह दवा किसी तरह खिलाना होगा नहीं तो वो श्यामा जी, सन्तराम जो बनी हैं, पूरी पागल हो सकती हैं।

पता नहीं उसे अपनी माँ से लड़ते-लड़ते क्या ही अच्छा सूझा कि उसने मुझसे दवा ले ली और गिलास के थोड़े से पानी में मिला दी, फिर इठलाती हुई, एक पाँव ऊपर मोड़कर कुछ मज़ाक़ के अन्दाज़ में, रात के एक बजे, उस गिलास को लिये श्यामा के आगे खड़ी हो गयी।

"यह लो सन्त, भगवान स्वयं तुम्हें प्रसाद दे रहे हैं। इस अमृत रस को पीकर तुम सीधा स्वर्ग चले जाओगे।"

"अरे चलो, चलो, तुम क्या कर रही वहाँ?" अन्नपूर्णा उसे हटाती कि गिलास रखकर वह ख़ुद ही हट गयी।

आश्चर्य कि श्यामा ने ज़रा भी ना-नुकर नहीं किया और जिस भाव से अब तक भोजन आदि खाती रही थी, उसी भाव से उसने पानी पी लिया।

अब मैं इन्तज़ार करने लगी कि दवा कुछ असर करे कि उस सत्रह घण्टे की प्रवचन विद्या वाली को कुछ राहत मिले।

श्यामा–कितनी ज़हीन हुआ करती थी अपने बचपन के दिनों में। हममें से कोई भी खेल की तरफ़ रुचि नहीं रखता था। मैं तो जीवन में सिर्फ़ एक बार दौड़ी थी, कक्षा सात में, वह भी अनिवार्य होने के कारण दौड़ना पड़ा था, वह भी चार सौ मीटर! आज तक मुझे अपने आप विश्वास नहीं होता कि कैसे मैं दौड़ गयी थी! उस समय गणित पढ़ाने वाली अध्यापक ही पीटी भी देखती थीं। उन्होंने एक उपाय बताया था कि दौड़ने के पहले कल्पना करो कि तुम्हारे पीछे कटखैना कुत्ता पड़ा है, अगर रुके तो काट खायेगा, बस चार सौ मीटर हो या चार हजार मीटर, दौड़ पूरी हो जाती है। अब यह याद नहीं आता कि मैंने कटखैने कुत्ते की कल्पना दौड़ने से पहले की थी कि नहीं? यह भी याद नहीं आता कि अगर कुत्ता चुना होगा तो कौन सा? मतलब कि अपने मोहल्ले में भी कटखैने कुत्ते थे, कम नहीं थे और दूसरे मोहल्लों में भी। ख़ैर, उस दौड़ के बाद मैं हमेशा दौड़ने से दूर भागती रही। लेकिन श्यामा अपनी पतली-पतली टाँगों से ऐसा दौड़ती कि देखने वाले हैरान रह जाते। उसके दौड़ने के बाद सवाल ही नहीं उठता था कि पदक कोई और ले जाये। वही श्यामा, खेल के लिए अपनी कक्षाएँ छोड़ने के एवज़ में रात-रात जगकर पढ़ती और वहाँ भी उसे भला कौन पछाड़ सकता था। ऐसी श्यामा कि उसके साँवले सलोने चेहरे के लावण्य को देखकर लोग बरबस कह पड़ते–'हाय, साँवले चेहरे पर ऐसा नमक नहीं देखा!' उसी लावण्यमयी श्यामा का नाम पिता जी ने श्याममणि चुना था। कोई कहता, 'होनहार बिरवान के होत चीकने पात देखो, देखो, पूत के पाँव पालने में दिख

जाते हैं। मास्टर साहब, बड़ी होकर आपका नाम रोशन करेगी ये बिटिया।' सबको कहीं न कहीं यह आश्वस्ति थी ही। पिता जी चाहते थे कि लड़कियाँ कुछ कर डालें मतलब कुछ बड़ा ओहदा पा जायें, कुछ प्रतिष्ठा उनके हिस्से आये। वे अपना गौरव लड़कियों की उपलब्धियों से जोड़कर देखने लगे थे।

एक बड़ा अन्तर था, मेरे और श्यामा में। श्यामा सुशील थी और एडजस्टमेंट की तरफ़ होती थी, मैं उतनी सुशील नहीं हो पाती थी और अक्सर ही विद्रोह की तरफ़ पायी जाती थी। शायद इसी अन्तर ने हम दोनों के जीवन की दिशाएँ तय करने में अपनी भूमिका दिखा दी। मैं ज़िद करती तो झुकती नहीं। मुझे ज़िद करते बच्चे बहुत भाते। यहाँ तक कि मैं अपने गीत को ज़िद करता देखना चाहती। कभी-कभी कहती भी पर वह कहता कि उसे इसकी ज़रूरत नहीं पड़ती। पर मुझे अपने जीवन में बार-बार इसकी ज़रूरत पड़ती रही। जब पढ़ने जाने के लिए बड़े शहर के चुनाव का प्रश्न आया तब भी। जब शादी करने का प्रश्न आया तब भी। लेकिन श्यामा ने माँ की सुविधा देखी। उसने माँ की बात मानी और एक अच्छी लड़की की तरह हमेशा उनके प्रेम की अधिकारी हुई। आज इस हाल में भी। जब कि माँ कम्बल में मुँह ढँककर शायद सो रही थीं। या सोने का बहाना कर रही थीं। यथार्थ से आँख मूँद लेने का यह उनका अपना ही तरीक़ा था।

तो श्यामा ने यहीं इसी छोटे शहर के छोटे से कॉलेज से पढ़ाई की और पढ़ते समय ही उसके लिए एक अच्छा (अच्छा मतलब दुनिया के तौलने वाले हिसाब से) रिश्ता आया। इतनी बड़ी बात थी यह उस समय कि दहेज़ नहीं माँगा गया था, उल्टा ख़ुद ही वे लोग लड़की पसन्द कर गये थे। लोग गद्-गद् थे कि एक ज़बान से हज़ार तारीफ़ें फूटती थीं। लड़के के पिता का बिजनेस बड़ा था, लड़का अपनी अच्छी-ख़ासी नौकरी को लात मारकर, पिता जी के न सँभाल में आते बिजनेस को सँभलवाने में लगा था।

"ऐसा रिश्ता किसी किस्मत वाले को मिलता है।" कोई कहता।

"मास्टर साहब ने बड़ा पुण्य किया है।" दूसरा दाद देता।

माँ ख़ुश होकर कहतीं– 'देखा, ऐसा रिश्ता लाखों में किसी एक का आता है।'

पिता जी चाहते थे कि श्यामा आगे पढ़े, पर श्यामा भी ऐसा कुछ चाहती हो, यह स्पष्ट नहीं था, इस समय तो उसे अपना आता हुआ भाग्य दिख रहा था। आगे पढ़ने के सवाल पर उसने इठलाकर कहा—"तुम लोग मुझसे जलती हो।"

ग्रेजुएशन पूरा करते न करते शादी का दिन तय हो गया। और बारात का दिन! सारे शहर में हलचल मच गयी। कैसा भव्य दृश्य था! पिता जी ने कोशिश भर तैयारी की थी पर हमारी तैयारियाँ उनके सामने फीकी।

जब दूल्हे के घरवालों ने डाल पर लाया सामान एक बड़ी-सी पीतल की थाल में सजाया, तब उनके साथ आये दो गनर पहरा दे रहे थे। मेरे पिता जी को यह गनर वग़ैरा नहीं भाये। वे बहुत साधारण जीवन जीने वाले, सहज मन वाले और बहुत हद तक ग्रामीण मन वाले आदमी थे तो अनायास बोल पड़े कि इनकी क्या ज़रूरत? उन लोगों को यह अच्छा नहीं लगा। उनकी भव्यता प्रदर्शन में बार-बार पिता जी का हस्तक्षेप किसलिए? सो कहा-सुनी होने लगी...

पिता जी के आदर्श, सिद्धान्त...पर चोट लगती चली जा रही थी–गनर के साये में विवाह...वे सहन नहीं कर पा रहे थे। उन्होंने कहा कि, "ले जाइए अपना गहना-फहना, अपने पास रखिए लेकिन गनर हटाइए। ये शादी है, प्रदर्शन नहीं।" पिता जी का इतना बोलना था कि हमारे मामा लोग दौड़े और उन्हें ज़बरदस्ती खींचकर दूर ले गये। माँ चिन्ता में अलग बड़बड़ाने लगीं कि, 'हे भगवान! इनका कोई ठिकाना, नहीं। कहीं शादी में बवाल न कर दें। किसी तरह ब्याह हो जाये।'

इधर डाल का सामान लगाया गया। महँगी साड़ियाँ थीं, सिन्दूरदान का ख़ूबसूरत केस था...और थे बड़े-सी पीतल के थाल में गहने–'एक थाल मोती से भरा' तो सुना था, एक थाल यहाँ सोने से भरा था, पुराने ज़माने के मोटे भारी-भारी गहने थाल में जगमगा रहे थे...हार, झुमके, नकबेसर से लेकर माँग-टीका, बाज़ूबन्द, कमरबन्द जैसे हज़ार चमचमाते सितारे थाल में रोशनी बिखेर रहे थे...तो ज़ाहिर था, सब उसे देख लेना चाहते थे, घर के भी, बाहर के भी....तो लोग उचक-उचककर देखने लगे। इतने गहने! सचमुच किसी ने पहले देखे कहाँ थे! फिर जैसा कि रिवाज था, डाल का सामान भीतर लाना था, तो थाल उठाकर भीतर ले जाने की बात आ गयी। इस पर गनर ने बन्दूक़ थाल पर रखकर रोक दिया। सब औरतें, जो थाल लेने के लिए खड़ी थीं, जिसमें रिश्ते की भाभियाँ, चाचियाँ थीं, पहले हतप्रभ हुई, फिर नाराज़ हो गयीं। यह तो अपमान था! श्यामा के ससुर जी उठे और खड़े होकर उन्होंने घोषणा की, कि जिसे भी थाल देखना है, यहीं पर देख ले, न थाल अन्दर जायेगा, न इसका आभूषण कोई छूयेगा। फिर ससुर जी ने अपनी बड़ी लड़की को बुलाया और उससे एक मोटा कंगन थाल से उठाकर दुल्हन के हाथ में पहनाने को कहा। उनकी बड़ी बेटी चुपचाप आयी और निर्देशानुसार एक कंगन उठाकर श्यामा के हाथ में पहना दिया। फिर दूसरी बेटी को बुलाया और आदेश दिया कि इस थाल से उठाकर एक भारी, मोटी और नाभि तक लम्बी चेन दुल्हन के गले में डाल दे। उसने भी ऐसा ही किया। उसके बाद से रात भर गनर थाल पर पहरा देते रहे और विवाह की विधि निपटायी जाती रही।

लेकिन सुबह विदाई का मौक़ा एक बार फिर पिता जी को भावुक कर गया। वे श्यामा के पास खड़े थे, वहाँ से ज़रा हटकर बोले– "बेटा, अपने को अकेला मत समझना। तुम्हारा घर है ये। मैं इस बात को नहीं मानता कि विवाह के बाद लड़कियों का अपने मायके पर अधिकार नहीं रहता। तुम्हारा पहले जैसा ही अधिकार है और सदा रहेगा। इसलिए जब ठीक न लगे, घर आ जाना।"

फिर रातवाली स्थिति दोहरायी गयी। फिर मामा लोग दौड़े। फिर माँ रोना रोककर चिन्ता में कहने लगीं–"अरे, क्या बोल रहे हैं? समय का कुछ ख़याल नहीं।"

यही वक़्त था कि मैं अपने पिता पर फिर एक बार मुग्ध हुई। कितना, कितना ज़्यादा! ऐसा ही हौसला तो पाना चाहते हैं हम अपने पिता से। फिर श्यामा ने इस बात को हौसले की तरह क्यों न लिया?

इसी सौभाग्यशाली श्यामा को ससुराल से मायके आने के मौक़े नाममात्र को ही मिले। बाद में पता चला कि धन-दौलत इतना है कि उससे बदबू उठती है।

> *कोई भी चीज़ एक जगह पड़े-पड़े सड़ने लगती है, चाहे वह धन ही क्यों न हो।*

श्यामा के यहाँ धन की कमी नहीं थी, यह सच था पर दिल दरिया की कमी थी, यह भी सच था। उसे पैसे मिलते, गहने और कपड़े पर ख़र्च के लिए। किताबें और पत्रिकाओं का नाम लेना गुनाह था। अख़बार को औरतें हाथ नहीं लगा सकती थीं। हाँ, कोई ऐसी पत्रिका आ सकती थी, जिसमें कढ़ाई, बुनाई सीखने की कुछ गुंजाइश दिख जाये, उसे भी मँगाने की इजाज़त लेनी पड़ती थी। इस तरह दौड़ में अव्वल आने वाली श्यामा की ज़िन्दगी की दौड़ बाधित हो गयी। उसने अपनी हमेशा की एडजस्ट करने वाली नीति अपनायी और गहने कपड़े को ही सबसे महत्त्वपूर्ण स्वीकार कर सन्तोष कर लिया। लेकिन कुछ तो था कि वह गहने-कपड़े और घर गृहस्थी के सामान खर्च से कुछ-न-कुछ बचाती रहती, यह उसकी अपनी पूँजी होती। उसके बारे में उसका पति भी नहीं जानता। अगर जान जाता तो शायद ये बचत उसके पास टिकी न रह पाती।

उसके घर का सिद्धान्त ही था कि घर की औरतों को किसी चीज़ की कमी न होने पाये, पैसा-रुपया पर्याप्त दिया जाता, पढ़ना-लिखना, सोचना, समझना, तर्क-वितर्क... इसकी इजाज़त नहीं थी, पैसा जोड़ने की तो बिल्कुल नहीं। ऐसा उसी ने बताया था।

फिर वह जाने कौन सी कमी थी, जो कसकती रहती थी!

जाने कौन सा असुरक्षाबोध था, जो पैसे जोड़ने के लिए मजबूर करता था!

एक ज़हीन लड़की, जो कितना सोच-समझकर बोलती थी, ऐसे पिछले सोलह सत्रह घण्टों से लगातार बोले चली जा रही थी...

"कुछ दिनों में राधा माई नाम से प्रसिद्ध हो जायेंगी।" कोई फुसफुसाकर कह रहा था।

मैं अपने ख़यालों से सिर निकालकर अब देखना चाहती थी कि दवा का कुछ असर हुआ क्या? इतनी हल्की दवा है, हो सकता है कुछ भी असर न हो। मैंने अपनी चादर से सिर निकालकर देखा तो सामने का दृश्य कुछ अलग-सा लगा–छोटी बारम्बार श्यामा के चरणस्पर्श कर आशीर्वाद ले रही थी।

"हे ममतामयी देवी! आपने मुझ पर सदैव कृपा की है। आज भी अपनी दया दिखाइए। बच्चे ठण्ड से ठिठुर रहे हैं, उन्हें हीटर चाहिए। बड़े के पास इस ठण्ड में ढंग का स्पोर्ट्स शूज नहीं है। यह सब आपकी कृपा से ही सम्भव है। हर बार की तरह इस बार भी मेरी मनोकामना पूर्ण कीजिए। आप ही मेरी आदर्श हैं, पूजनीय हैं..."

अरे! इस रूप में मैं छोटी को पहली बार देख रही। अब समझ आ रहा है कि पिछली बार इसी तरह के किसी प्रवचन के बाद छोटी ने अपनी मनोकामना रखी होगी–'हे देवी, आप मेरी आदर्श हैं। मेरे घर में ए सी नहीं है। गर्मी से बच्चे बेहाल हैं।' तब श्यामा ने अपना पर्स पलट दिया होगा और अभी बैठक में जो स्प्लिट ए सी दिख रहा है, वह तभी की देन है। इससे कुछ पहले पानी की मोटर और फ्रिज के साथ भी ऐसी ही कहानी हो सकती है। जाने कितने सालों से यह प्रवचन चलाया जा रहा था! मुझे फिर चिन्ता ने आ घेरा।

इधर श्यामा ने कुछ झूमते हुए अपनी वाली चौकी के नीचे से खींचकर अपना सूटकेस बाहर निकाला। फिर उसमें से पर्स निकालकर सूटकेस की बग़ल में पलट दिया– कुछ रुपये बिना आवाज़ इधर-उधर छितरा गये...

"तथास्तु!" की हल्की-सी आवाज़ के साथ श्यामा उसी सूटकेस पर गिर...

लो इंक ख़त्म, कल बाज़ार जाना होगा...एक किलो राजमा, पिसी धनिया, राई...
–नीली।

तीसरे के गर्भ से फूटा चौथा दिन उर्फ़ ये नीली-नीली आँखें

"योर ब्लू आइज़ हिप्नोटाइज मी......"

संगीत की स्वर लहरियाँ दीवारों को भेद कर दूर तक गूँज रही थीं। लगता था डीजे लगा हो। गमी के ऐसे घर में इतनी तेज़ आवाज़ में संगीत पर कोई नाच रहा था।

"हनी सिं...ह...ओए...ओए...हनी सिंह...तो आज अभी ही आ गयीं महारानी!"

थोड़ी गीतात्मक तरंग में तिरते से हुए मुन्नन ने कहा।

मैं सुबह के सब विधि-विधान कर के लौटी थी और बाहरी नल पर हाथ-मुँह धो रही थी। अब वहाँ एक साबुन भी रख दिया गया था। साबुन ऐसे ही नहीं रखा गया था। इस रखे जाने से पहले, कोविड और वायरस आदि पर पूरी बहस करनी पड़ी थी। ख़ैर, अब ये नीली टिक्की गाने से मैच मिला रही थी।

"ये नीली-नीली आँखें..." मेरे मन में एक दूसरा ही गीत उभरा, जो फ़िल्मी गीत "ये काली काली आँखें..." की तर्ज़ पर बनाया गया था। गीत का शोर मुझे भी अच्छा नहीं लग रहा था। धीमी आवाज़ में होता तो शायद कुछ सहनीय लगता। पर इस सब पर बहस करना उचित नहीं था। गीत को एक क्षण किनारे कर मैं अन्दर आयी। अभी मुझे अपना नाश्ता-खाना भी बनाना था। चाय के लिए एक टूटा पिचका-सा भिगोना भी मिला था, जो किसी के घर से माँगकर आया था।

"योर ब्लू आइज हिप्नोटाइज मी..." संगीत से घर का कोना-कोना थर्रा रहा था।

"अरे! आप आ गयीं? ओ मेरी नीली-नीली आँखों वाली..."

नैना मेरे पास चली आयी। अपनी नाचती मुद्रा में उसने मुझे दूर से फ़्लाइंग किस किया। मैं कुछ ठीक मन से शायद आज नहीं लौटी थी। मुझे अच्छा नहीं लगा। यह मन तो कल से ही कुछ बिखरा-बिखरा था...

कल जब सोकर उठने से पहले ही मेरे कानों में पड़ा– "इन्हें जमालघोंटा नहीं दी अब तक? दौड़तीं तब पता चलता।" यह बात उस बच्चे ने कही थी, जो हमेशा अन्दर कमरे के एक कोने में पड़ा मोबाइल पर कुछ देखता, सुनता रहता था और जिसके लिए कहा जाता था कि आईआईटी की तैयारी में लगा है। मुन्नन का बड़ा भाई टुन्नन अपनी अजीब दबी-सी लड़कियों जैसी आवाज़ में मेरी चौकी के पास, दरवाज़ा खोलकर खड़ा था। दरवाज़े से तेज़ ठण्डी हवा आ रही थी। एक तो रात भर वैसे ही ठण्ड से पैर सिकोड़ते किसी तरह नींद बुलाने की कोशिश करती रहती थी, उस पर पाँच बजते ही मेरे सिरहाने बाहर की तरफ़ खुलने वाला दरवाज़ा खोल दिया जाता, जिससे सरसराकर ठण्डी हवा मुझे जगाने चली आती। नींद और उनींद का अन्तर ही मानो मेरे लिए ख़त्म होता जा रहा था। मैं अक्सर बैठे-बैठे दोपहर की धूप के आगोश में थोड़ा-सा सो लेती और ठण्ड की रात्रि वाली गोद मुझे जगाये रखती। हालाँकि दिन की धूप मेरे सिरहाने तक आती और सोने के लिए मुझे उकसाती पर लगातार लोगों का आना-जाना, खटर-पटर इसी दरवाज़े से होता रहता, किचन भी इसी के पास था तो सोने की कल्पना हो पाती थी, सोना नहीं। कभी-कभी खुली आँखों ही तमाम तरह की चीज़ें दिखने लगतीं, घर के लोग ग़ायब हो जाते...अजीब गड्डमड्ड...लिखने को सोचती, तब तक खो जातीं...

"चुप रहो। उन्हीं के सिर पर बोलो। जान जायेंगी तो कोर्ट कचहरी कुल दौड़ा डालेंगी, समझे। बवाली महिला हैं।"

किसी ने उसे झिड़का। उसका स्थगित-सा बोलना पहली बार मैंने इतने स्पष्ट रूप से सुना था। मन बुझ गया। तो क्या मुझे परेशान किये जाने की कुछ और योजनाएँ भी चल रही हैं? गीत की मुझे याद आयी। मुझे रुकना होगा, वरना ये लोग मुझे भगोड़ा साबित कर देंगे। दरअसल मुझे भगोड़ा साबित किये जाने से डर नहीं है। मैं कुछ बदलना चाहती हूँ। मैं देख रही हूँ कि यहाँ कुछ ठीक नहीं है। पता नहीं मन की जलवायु मेरे चाहने से बदल सकेगी कि नहीं। तिस पर से कल के श्यामा के प्रवचन का प्रभाव अभी ठिठका हुआ था...बातों-बातों में उसकी गन्ध और ताने उभरकर नुकीले काँटे बन जाते थे। तिस पर यह भी हुआ कि रात पिता जी सपने में आये। ऊपर पेड़ पर बैठे थे–बिल्कुल ऊपरी शाखा के ऊपरी हिस्से पर, खाना माँग रहे थे। मैं पता नहीं कहाँ से खाना ले जा रही थी लेकिन उन तक पहुँच नहीं पा रही थी। इस सपने को मैंने जितनी बार कहने की कोशिश की, उतनी बार मज़ाक़ की पात्र बनी।

"भूखे पेट सोने से ऐसे ही सपने आते हैं।"

आख़िर मैंने सपने को सपना रह जाने दिया और अपने मन में उसका एक दूसरा अर्थ लगाया–कहीं ऐसा तो नहीं था कि आख़िरी वक़्त में पिता जी को भूख लगी थी?

क्या पिता आख़िरी वक़्त में खाना माँगना चाहते थे या कि बड़े दिनों से भूख महसूस कर रहे थे...इस अर्थ ने मुझे बेचैन कर दिया। उसी बेचैन रात की यह सुबह थी।

सुबह वहाँ पहुँचते ही मुझे, रात में बरसे पानी से डबाडब भरा हुआ घण्ट मिला, जिसमें अपना पानी मिलाने की कोई जगह नहीं थी, तिस पर से उसके ऊपर रखा दीपक इतना पनियल हुआ था कि उसमें तेल डालकर बत्ती बारना आकाश में चित्र बनाने जैसा था। जैसे-तैसे बत्ती जली, पर उसके जलते रहने की गुंज़ाइश कम ही थी। पापा अभी यहाँ मुझे इस दीपक से जूझते देखते तो अपनी गम्भीरता में हल्का-सा हँसते– 'अरे बेवकूफ़! इस दीपक में मेरी आत्मा नहीं प्रज्वलित हो रही। यह तो सिर्फ़ एक दीपक है, जो बारिश से भीग गया है, इसे ऐसे ही रहने दो।' या फिर हल्का-सा हँसकर कहते–'इसी दिन के लिए पढ़ाया था, बाहर भेजा था कि तुम एक मिट्टी के दीपक को मेरा जीव मान लो और एक घड़े को मेरी समूची देह।'

मैं ऐसा कुछ नहीं मान रही थी। मैं जानती थी कि पिता पंचतत्त्व में विलीन हो चुके हैं। जिसकी जो जगह थी–हवा, पानी, आग, मिट्टी, आकाश...वह प्रकृति के उस अंश में जाकर मिल गया था...

पापा रास्ते भर मेरे साथ चलते आये थे–बतियाते-बतियाते। इसलिए मुझे यह अनपेक्षित संगीत और उस पर ऐसी चुहल, जो मेरे किसी घाव को कुरेदने वाली थी, अच्छी नहीं लगी।

'चाय पूछने वाला तो कोई है नहीं।' मैंने अपने मन में कहा और चाय बनाने की कोशिश में पाया कि कल जो चीनी दी गयी थी, उससे आज की चाय नहीं बन सकती थी। पत्ती भी बस जैसे-तैसे चलायी जा सकती थी। इसके पीछे छोटी का तर्क था कि ज़्यादा सामान देने से दसवीं के बाद सब दान में देना पड़ेगा। उसकी इस बात पर सभी सहमत थे क्योंकि किसी को इससे कोई परेशानी नहीं थी। जिसे परेशानी थी, वह परेशान था। मैंने गर्म पानी में वही ज़रा-सी पत्ती डालकर चाय बनायी और बिना दूध के पी। दूध अब तक मेरे हिस्से का नहीं निकाला गया था। छोटी आसपास नहीं दिख रही थी। अब इस कच-कच में समय गँवाना बेकार था।

इधर मेरी बेरूखी से नैना नाराज़ हो गयी। उसने झटके से गीत बन्द कर दिया, जैसे झटके से किसी ने नीली आँखों का देखना रोक दिया हो...'आइज' तक पहुँचते ही खट्ट से गाना रुक गया था...

अन्दर से या जाने कहाँ से श्यामा निकलकर आयी और गाने के रुक जाने से आहत होकर बोली–"आपको ही नहीं अच्छा लगा होगा?"

"इतना पूर्वाग्रह क्यों है?"

मैं उसी काली चाय के साथ रस्क खा रही थी। दवा खाने के लिए कुछ खाना ज़रूरी था। और ये रस्क कल की भूख और दवा न खा पाने के कारण आये चक्कर और फिर मेरे गुस्से का परिणाम था।

"पूर्वाग्रह नहीं है। आपको क्या हम लोग जानते नहीं! नीली आँखों का बड़ा गुमान है न..."

"गुमान?" मैं फिर हैरान रह गयी।

क्या ये गुमान की बात थी?

मेरी आँखें, जो बड़ी-बड़ी थीं, पर नीली नहीं, हरी थीं। हरा रंग आँखों के लिए चलन में नहीं था, इसलिए नीली कहा जाता था। जब मैं पैदा हुई, मेरी आँखों का रंग हल्का हरा था, जैसे रँगते हुए उस परम कारीगर का रंग ख़त्म हो गया हो और उसने अपनी ब्रश के बचे-खुचे रंग से जैसे-तैसे काम चला दिया हो। ऐसे हल्के हरे रंग की अजीब-सी आँखें। पिता जी ऐसी आँखें देखकर परेशान हो गये थे। घर के अन्य लोगों ने भी कहा कि बच्ची को कोई रोग हो गया है। हरियाई आँखें दिखाने शहर भर के डॉक्टरों के पास दौड़े पिता जी, पर डॉक्टर विधाता की कूची के छूट गये रंग की भरपाई न कर सके। कई वर्षों तक अजीब रोगी चेहरा लिये मैं यहाँ-वहाँ ले जायी जाती रही। धीरे-धीरे आँखों का रंग हल्के हरे से कुछ गाढ़ा हो गया। हालाँकि तब भी यह कोई बहुत सुन्दर नीलमणि जैसा नहीं हुआ, बीमारी के कुछ कम हो जाने जैसा हुआ। पर मेरे पिता जी तो निराले व्यक्ति थे, उन्होंने नाम रख दिया–नीलमणि।

कवि बिहारी का एक भक्ति-पद उन्हें मेरा नाम लेते हुए याद आता–'मनहु नीलमणि शैल पर, आतप परयो प्रभात...'

पिता जी बड़े प्रेम से नीलममणि या नीलमणि पुकारते लेकिन जल्दी ही नीलमणि या नीलममणि घिस कर घरेलू नाम 'नीली' में बदल गया।

हाँ, एक बार और यह चमका। तब, जब किसी ने कॉलेज के दिनों में पीछे से पुकारा "अरे ओ, नीलमणि मैडम..."

इसे मेरा नाम कैसे पता? मैं हैरान-सी रुक गयी।

उसके हाथ में काग़ज़ था।

"आपको मेरा नाम कैसे पता?"

"ये नीलमणि, अरे वाह! कोई भी कह दे। आपकी आँखें लेकिन नीली नहीं हैं, हरी, धुँधली, जैसे हरा रंग छूट गया हो। माफ़ करिएगा कोई बीमारी तो नहीं? ऐसा लगा।" उसने अपने चेहरे की हँसी रोक ली और कुछ गम्भीर बनने की कोशिश की। कान में उसके श्रवण-यन्त्र लगा था और वो एकदम सटीक सुनने वालों में से लग रहा था।

"बीमारी? नहीं। अब नहीं। बचपन में मेरे पिता जी ने बहुत से डॉक्टरों को दिखाया। शहर-दर-शहर भटके। लेकिन कोई भी डॉक्टर ठीक से कुछ बता न सका। एक डॉक्टर ने तो यहाँ तक कह दिया कि ईश्वर ने रंग नहीं भरा तो इन्सान क्या कर सकेगा। किसी डॉक्टर ने यह भी कहा कि मेलानिन की कमी के कारण आगे जाकर चर्म रोग भी हो सकता है।"

"अरे! अरे! जो नहीं है, उसका गम क्या? आगे की छोड़िए।" वो सचमुच गम्भीर हो गया। उसे शायद अफ़सोस भी हुआ होगा कि उसने एक अनजान से यह सब क्यों कह डाला। ऐसा उसका चेहरा कह रहा था।

"ये...आपका काग़ज़ गिर गया था।"

"अरे, ये तो फ़ेलोशिप वाला काग़ज़ है। ये कैसे गिरा?" मैंने झपटकर काग़ज़ ले लिया।

"आप भी फेलोशिप के लिए आयी हैं।" सामने विश्वविद्यालय की प्रशासनिक बिल्डिंग थी।

"हाँ"

"मैं भी इसीलिए आया था। बॉटिनी में हूँ।" उसकी आँखों में अचानक चमक आ गयी।

"अच्छा!" मैंने ऐसे कहा जैसे सचमुच बॉटिनी कोई भारी-भरकम नाम हो। फिर हम साथ चले। विश्वविद्यालय कैम्पस में घूमे। बेवजह था, लेकिन वजह कहीं भीतर दबी थी...

बस, ये हरी या नीली या रंगधुली आँखें हमारी पहचान का कारण बनती चली गयीं...गहरी होती हुई पहचान...इतनी गहरी कि यह तब भी कम नहीं हुई, जब कि कान में श्रवणयन्त्र लगाए साँवला-सा वह लड़का हमेशा के लिए किसी और नयी चमकीली दुनिया की तरफ़ निकल गया...

बिना बताये, बिना अलगाव का कोई पहचान-पत्र तैयार कराये...

माने डायबोर्स!

पाँचवा दिन–मेनू जी का आना

मेनू जी एक लहर की तरह दाख़िल हुईं–सुगन्धित और सुन्दर रंगों से भरी। किसी ने उनके आने की उम्मीद नहीं की थी। वे रिश्ते में श्यामा की चचेरी देवरानी लगती थीं और इसी शहर के एक दूसरे हिस्से में रहती थीं। श्यामा ने कहा था कि वे तो ख़ुद ही शोक में होंगी तो हमारे शोक में क्या आयेंगी। कुछ महीने पहले ही उनके पति का देहान्त हुआ था, वह भी कोविड की तकलीफ़देह स्थितियों, हॉस्पिटल और ऑक्सीजन से जूझते हुए। काफ़ी दिनों तक लोग उनके यहाँ शोक प्रदर्शित करने इस डर से नहीं गये कि कहीं जाने वालों को कोविड न लग जाये। तो उन्होंने अपना शोक अपने बच्चों के साथ अकेले ही कैसे झेला, कोई इसका गवाह न बन सका। लोगों के पास उनके बारे में जो कहानियाँ थीं, पता नहीं वे कहाँ से चलकर लोगों तक पहुँची थीं! मसलन लोगों से पता चल रहा था कि कैसे उनके पति के शव को अस्पताल वालों ने नहीं दिया। कैसे विद्युत शवदाह गृह में उनका दाह-संस्कार हुआ। कैसे बेटे को बुलाया गया अस्पताल...कैसे वही अकेला शव के पास रहा...कैसे पूजा वग़ैरह करने के लिए कोई पण्डित तैयार न हुआ...पता नहीं पूजा हुई भी कि नहीं? यहाँ थोड़ा संशय था, कोई कहता 'हुई थी,' कोई कहता, 'मेनू जी झूठ बोलती हैं, कोई पूजा हुई ही नहीं!' कोई यह भी कहता कि 'मेनू जी ने ख़ुद ही पूजाकर डाली।' जो भी हो, मेनू जी साक्षात् सामने खड़ी थीं।

मेनू का नाम उनकी बड़ी बहन रेनू के नाम पर तुकबन्दी करते-करते बन गया था। अब तो लोग यह भूल चुके थे कि इस नाम की जड़ में किसकी तुकबन्दी थी। बल्कि कभी कोई उनके नाम पर ज़रा-सा हैरान हो जाये, तो देखिए कैसे कैसे मायने खुलने लगते थे! जैसे किसी ने बताया कि उनके माँ-बाप एक होटल में खाना खाने गये थे, बैरा होटल का मेन्यू कार्ड ले आया, तब मेनू जी छोटी बच्ची थीं, तो वे लगीं 'मेनू मेनू' करने, माने कि वही काग़ज़ छीनने-झपटने, जिस पर होटल का सारा खाना दर्ज था, तो इसी घटना पर उनका नाम ही मेनू पड़ गया। कुछ लोग 'मून' शब्द से जोड़कर इसकी व्याख्या चन्द्रमुखी होने की तरह करते और बताते कि कैसे 'मून'

शब्द को बिगाड़कर उस क़स्बे के लोगों ने मात्रा परिवर्तन कर 'मेनू' बना दिया। कुछ लोग मेनू की जगह 'मीनू' कहकर नाम रखने वाले की ग़लती सुधारने का प्रयत्न भी करते मगर दिक़्क़त तब हो जाती जब मेनू जी ख़ुद ही इनकार कर देतीं। उन्हें अपना नाम इसी रूप में पसन्द था। 'जी' उनके परिवार के सदस्यों के नाम के साथ जुड़ा था जैसे–'बलवीर जी' या 'मिट्ठू जी'। ये लोग उनके छोटे भाई थे। और जैसे कि उनके पिता–'चन्द्रबदन जी'।

वही मेनू जी अन्दर घुसीं तो ख़ुशबू के साथ 'छम्म छम्म' की आवाज़ आयी। मेनू जी की चाल में नज़ाकत थी। शायद उन्होंने घुँघरू वाली पायल पहनी थी। वही घुँघरू 'छम-छमा' रहे थे। यह 'छमछमाहट' किसी कोयल कण्ठी के शोकगीत की तरह रह-रहकर बज रही थी। मुझे घुँघरू की आवाज़ हमेशा गाय-गोरू की याद दिलाती थी। उनके पैरों में बँधे घुँघरू से उनका मालिक जान जाता था कि वे कहाँ हैं? कितनी दूर निकली हैं? और उन्हें पकड़ लाता था। घुँघरू को हमेशा मैंने एक निगरानी यन्त्र की तरह पाया था। इसलिए इतनी कोकिल कण्ठी का यह शोकगीत कुछ अटपटा-सा लगा। श्यामा अवाक्-सी खड़ी थी। अपने आप पर उसका भरोसा हल्का-सा हिल गया था। माँ अचानक उठकर अपने बिस्तर पर बैठ गयीं, जैसे कि उन्हें अब अपना पार्ट खेलना था और वे तैयार थीं। माहौल कुछ अजीब हो गया था। इसलिए नहीं कि मेनू जी आयी थीं, इसलिए कि मेनू जी जिस तरह आयी थीं! मेनू जी ने पूर्ण मेकअप किया था। बड़ी-बड़ी आँखें काजल और मस्कारा वग़ैरह से और अधिक सुन्दर लग रही थीं। माथे पर छोटी कत्थई बिन्दी चमक रही थी। होंठों पर साड़ी से मैच करती गुलाबी लिपस्टिक लगी थी। शिफान की गुलाबी रंग वाली नयी और महँगी साड़ी से सज्जित मेनू जी गले में सोने की लम्बी मोटी चेन लटकाये अपनी ही अदा में लचकती-सी अन्दर घुसी थीं। श्यामा अपने अवाकपन से बाहर निकलती, इससे पहले ही मेनू जी अदापूर्वक चलकर माँ के गले में दोनों बाँहें डालकर दुलार प्रदर्शित करती हुई बोलीं–"आंटी जी, हिम्मत रखिए। जीवन तो आपको ही जीना है।"

उनके बाँहों के घेरे में माँ अपनी ही अदा से सिर नहीं हिला पायीं। अपनी तय भूमिका में विघ्न से निराशा उनके चेहरे पर बिखर गयी।

मेनू जी माँ को छोड़कर मेरी तरफ़ मुड़ीं–"अरे नीली दी, कितने वक़्त बाद आपको देख रही!"

उनके स्वर में अह्लाद था।

"इधर बैठिए मेनू दी। सब कुछ इतने अचानक हुआ कि क्या कहें? किसी को हड़बड़ाहट में ख़बर भी नहीं कर पाये। उस पर से कोविड ने भी तो कहर बरपा रखा है।"

मेनू जी ने अपने हाथ में पकड़ा गुलाबी रंग का रेशमी मास्क देखा।

"लगाकर घुटन होती है। जो जीवन बचा है, वो साँस लेकर गुज़ारें।"

"सिल्क के मास्क से थोड़े न साँस ले पाओगी। कॉटन का पहनो या फिर एन- 95 लगाओ। यही कारगर है।" यह श्यामा का स्वागत था।

"आपने क्यों नहीं लगाया?"

यह मेनू जी का पलटवार था।

"मैं तो घर में रहती हूँ। कोई आ जाता है तो मम्मी को लगवा देते हैं।"

इतना सुनते ही माँ ने अपनी बग़ल में बिस्तर पर पड़ा नीले रंग का मास्क उठाकर दिखाया और इशारे से बताया कि वे भी नहीं लगा पातीं। दम घुटता है।

"इसके चलित्तर कौन नहीं जानता। ससुर का पैर दाब-दाबकर सब प्रॉपर्टी दाब गयी।" श्यामा ने फुसफुसाकर एक भूली बात याद करवायी। लेकिन बाहर से कुछ और बोली– "अच्छा हुआ आ गयी, मेनू। शोक में पड़ी थी बेचारी।"

मेनू जी ने कोई प्रतिक्रिया नहीं दी। कुछ देर अपने गले में पड़ी चेन में अँगुली फँसा-फँसाकर खेलने के बाद धीमे किन्तु संयत स्वर में बोलीं–

"दु:ख सबके लिए एक ही तरह नहीं आता। कोई टूट जाता है, कोई जीवन का अर्थ पाने लगता है!"

फिर कुर्सी मेरे करीब खींचकर बोलीं–" और आप नीली दी, हमेशा ऐसे 'पिटी' क्यों बनी रहती हैं? मेटाफ़िज़िकल सुसाइड कर ली हैं?"

"ये क्या है?"

'पिटी,' और उससे भी ज़्यादा 'सुसाइड' खच्च से चुभ गया था। मैंने अपने कपड़ों की तरफ़ देखा–क्या मेरे जीवन से रंग, मेरी आँखों के रंग की तरह धुलते चले गये और मैंने रोकने की कोई कोशिश भी नहीं की???

"ये क्या है? दिन-रात ग्रे, क्रीम, सफ़ेद कलर...लोग कह तो रहे हैं कि शोक में हो, शोक में रहो, एक साल बीतने दो...पूजा-पाठ में मन लगाओ...चाट-पकौड़े न खाओ...इसका मतलब क्या है? ज़िन्दगी का केंचुली छोड़कर निकल जाओ...सारे रंग, सारी उमंग, सारे रस, सारे राग...सबसे दूर, अनासक्त...यही है मेटाफ़िज़िकल सुसाइड–पराभौतिक आत्महत्या...ज़िन्दगी में होते हुए, ज़िन्दगी में खटते हुए, ज़िन्दगी से बाहर...क्या ग़ज़ब की फ़िलॉसफ़ी है! मानो न मानो पर ज्यादातर घरों में औरतों

को करनी पड़ती है ऐसी महान आत्महत्याएँ! मर्यादा के नाम पर, महानता के नाम पर, परमात्मा के नाम पर!...क्यों करूँ मैं? मुझे ज़िन्दगी चाहिए। एक ही तो मिली है, जिसे महान बनना है, बने, हमें क्यों फँसाते हो भई? असल मसला सब यही है कि ज़िन्दगी को कौन कैसे पाता है, कैसे बरतता है और कैसे सूतता है..."

मेनू जी ज़रा और निकट खिंच आयीं। ज़रा-सा और ज़ुबान दबाकर बोलीं–"सेक्स की ज़रूरत औरतों को नहीं होती क्या? नेचर की दी चीज़ है तो नेचुरल है न। फिर इतनी हाय तौबा! हमारे यहाँ तो शादी के बाद भी कितनी औरतों को सेक्स मिल पाता है? हमारे यहाँ शादी सेक्स के लिए नहीं सेवा के लिए होती है...थक जाती हैं औरतें भी सेवा करते-करते...नहीं थकतीं? तो कोई मायावी शक्ति ही होगी...नहीं?'

मेनू जी का दूधिया चेहरा हल्के तनाव से भर उठा। कौन कहेगा कि इस स्त्री को एक समय जैसे-तैसे बारहवीं की परीक्षा दिलायी गयी थी! उसके बाद उन्होंने पढ़ने से साफ़ इनकार कर दिया। कभी ऐसी जनचर्चा थी कि सोलह बरस की उम्र में मेनू जी अपने ही सहपाठी गोलू के प्यार में पड़ गयी थीं। फिर तो उन्होंने दुनिया जहान की परवाह न की, सारे बन्धन तोड़ दिये, माँ-बाप से नाता तोड़ लिया और दुनिया उनके इश्क़ के क़िस्सों से भर गयी।

मेनू जी तब भी सज-धज़कर रहतीं, नज़ाकत और नफ़ासत दिखातीं। पढ़ना अलबत्ता उन्होंने 'बेकार का ढकोसला' कहकर छोड़ दिया था। शादी के पहले वे गोलू जी के साथ भाग गयी। कई दिन बाद इसी शहर के एक होटल में वे गोलू जी के साथ मज़े से रहते हुए पकड़ी गयीं। चूँकि उन्हें अट्ठारह की होने में छह महीने बचे थे, तो बालिग़ नहीं माना जा सकता था। क़ानून था, भई। चीख़-चिल्लाकर चाहे जितना भी कहती रहें कि वे अपनी मर्ज़ी से शादी कर चुकी हैं पर किसी ने न माना तो न माना। अलबत्ता वे सारे कड़े नियम-क़ानून उन पर लागू करने की कोशिशे हुई, जो इस हालात में प्रेमी जोड़ों के साथ होती है। सारी ज़्यादतियाँ पार करते हुए मेनू जी तीन महीने के भीतर पड़ने वाले एक दिन फिर भाग गयीं। इस बार उनके पिता चन्द्रबदन जी ने बड़ा गुणा-भागकर पाया कि वे जिस लड़के के साथ भागने का जुर्म कर रही हैं, वह तो जुर्म है ही नहीं, बल्कि बुद्धिमानी है। उन्होंने इस गुणा-भाग से यह भी रहस्य पा लिया कि ऐसे धनवान परिवार का लड़का, वह भी उन्हीं की जाति का, उन्हें दीपक लेकर खोजे न मिलेगा, वह भी मुफ़्त में। उसी दिन मेनू जी के सिर से संकट के बादल छँट गये और शहनाई की मधुर धुन गूँज उठी। मेनू जी सादर और सस्नेह बुलायी गयीं या खोजी गयीं और सादर और सस्नेह विदा की गयीं या बोझ की तरह हटायी गयीं, जो भी हो, इस बार उनका बालिग न होना कोई बाधा नहीं बना। इस तरह मेनू जी ब्याह कर ससुराल आ गयीं।

"ऐ नीली दी, आपको कोई फिर न मिला? अब तो बीमारी नहीं है न आँख में...आँख के कारण न मिला कि...मतलब बुरा न मानिएगा,...लेकिन ध्यान तो जाता है आँख पर...पहली दफ़ा देखकर आदमी डर भी सकता है...कोई रोग जैसा...मतलब अब तो देखते-देखते आदत हो गयी।" मेनू जी पूछ रही थीं।

"आँख?" मुझे अपनी ही आँख की कहानी फिर-फिर याद करनी थी। इसी पर बनते सौ-सौ बिम्ब देखने थे...भीतर के, बाहर के, दुनिया के, जहान के...

"मिला था जो कभी, इसी आँख के कारण मिला था।" मैं कुछ और कहती कि माँ ने अपना मुँह कम्बल से ढँक लिया, तो क्या माँ ने बहुत पहले ही सुसाइड माने वही...

चाय रखती हुई श्यामा दरवाज़े से टिक गयी...तो क्या श्यामा भी...नमकीन-बिस्किट की ट्रे लिये छोटी आ रही थी...तो छोटी...कोई लाइन थी क्या? 'द क्यू'!!!

दक्षिण के समुद्र तट से उफनता कोई तूफ़ान उत्तर तक चला आया–एकदम अक्षि मंच पर नाचता...

कहीं उसी में मैंने ज़िन्दगी की केंचुल तो नहीं उतार फेंकी...

मेटाफ़िज़िकल सुसाइड!!!!!

डॉ. सूजा को क्या जवाब दूँगी? जो अभी दिखा, वह न लिखकर, कुछ और लिख गया

–नीली।

आठवाँ दिन-मृगनयनी का मृगयामन

दरवाज़ा रह-रहकर पीटा जा रहा था। पीटने में कहीं इस बात का ध्यान भी छिपा था कि यह आवाज़ पड़ोसियों तक न पहुँच जाये कि वे जुट न आयें। हालाँकि जीवन में कई चीज़ें ऐसी होती हैं जो छिपाने के सारे प्रयत्नों को मात दे जाती हैं। यह छिपाना भी कुछ ऐसा था–'जतन', इसके भीतर एक व्यर्थ शब्द बनकर टीस रहा था–'व्यर्थता' अपने आप में कोई सुन्दर पद नहीं था, तो 'टीस' भी नहीं था–इन दोनों से मिल-जुलकर जो उभर रहा था, वह दरवाज़े की थाप थी, जिसे अन्नपूर्णा, एक बेचैन-सी आवाज़ में, थाप और आवाज़ को मिलाकर एक अद्‌भुत स्वर मिश्रण बना रही थी कि वह स्वर, अपनी लाचारी में दरवाज़े से गिरकर कहीं दूर ध्वनित होता था–हमारे हृदयों पर गिरता था–हमारे दिमाग़ पर बजता था–हमारे गले में हूक बनकर बाहर निकलने को विकल अटका-अटका था...

"बेटा खोलो...क्या कर रही हो? ऐसे बन्द किया जाता है दरवाज़ा...सारे लोग क्या कहेंगे...इतने तो रिश्तेदार हैं...खोलो जल्दी...उधर मौसा जी छत से आँगन में उतरकर खटखटा रहे...तुम खोल नहीं रही तो हमें फ़ोन कर रहे हैं...ऊपर, सबसे ऊपर वाली छत पर तार ठीक करने गये थे न...और रास्ता तो आँगन से बाहर आने का यही कमरा है न...खोलो नैना..."

"कहानी मत सुनाओ उनको। बोलो कि हम दरवाज़ा तोड़ देंगे न खोली तो...मनबढ़ी का नतीजा है सब..."

अन्नपूर्णा इस गरजपूर्ण निर्देश से अपनी आवाज़ को ऊँची करने के बजाय और दयनीय बना बैठी। फिर उसने दरवाज़े की थाप पर अपनी दयनीय मज़बूती बढ़ाते हुए मेरी तरफ़ देखा–"इन्हीं का आइडिया था..." वह पूरा नहीं बोल पायी–दयनीयता के भीतर से कोई क्रोध थरथरा रहा था...

एक बार फिर मैं उन सबके क्रोध के चपेटे में थी। एक बार फिर मैंने अपना दिमाग़ घुसा दिया था–एक बार फिर मैं बिन माँगी सलाह की गुनहगार थी–एक बार

फिर नेक नीयती में उठाया गया मेरा क़दम मुझे कठघरे में खड़ाकर रहा था! एक बार फिर...नहीं मैं शर्मिन्दा नहीं थी, बस हतप्रभ थी–यह मेरी सोच की परिधि से बाहर की कोई चीज़ थी, जो मेरे सामने थी–पूरी निर्लज्जता में धीरे-धीरे घटित होती हुई...

घटना पुरानी थी मतलब कि अब छह दिन बीत जाने पर कुछ अधिक बीत गयी सी लग रही थी और बीते हुए में धँसकर उभरे पहाड़ की तरह अब उभर आयी थी। इन छह दिनों की गवाही में मुझे शामिल होना ही था–मेरे यहाँ रुक जाने का मतलब ही था तमाम-तमाम घटित का गवाह बन जाना। शुरू के दो दिन बिल्कुल पता न चला था कि क्या चल रहा है? कि ऐसे कुछ की कोई सम्भावना कहीं छिपी है! यह कुछ-कुछ वैसा था, जैसे ज्वालामुखी के भीतर छिपी खदबद...

शुरू के दो दिन लगातार पहले की ही तरह अन्नपूर्णा नैना की तारीफ़ करती रहती थी और उसके इर्द-गिर्द बनी रहती...नैना ये है, नैना वो है...इतनी अच्छी कि उतनी अच्छी...इतनी सुन्दर कि उतनी सुन्दर...

लोग इस बारे में कुछ न बोलते।

पिछले साल उसके उभरे हुए दाँतों को समतल करने के लिए तार बाँधे गये थे... सुनते हैं कि तार एक लाख के थे या उससे भी अधिक। लावण्य इस उम्र में चेहरे को एक अलग आब देता है, तीखे कट का साँवला चेहरा सलोना-सलोना सा...वही लावण्य फूटा पड़ता था, इतना कि एक दिन शाम को अपने पिता के साथ आयी नैना ने अचानक सबके सामने बैठे-बैठे ही अपनी लो नेक वाली टी-शर्ट को और नीचेकर लिया, उसकी लेसों से सजी ब्रा दिखायी पड़ने लगी और हल्के बने कर्व भी। फिर उसने और नीचे खींचा कि किशोरवय के नयेपन से उभरे अर्धकलश एकदम सामने हो गये...फिर उसने बग़ल में खड़ी एक महिला से खुलकर पूछा कि क्या उसके कर्व ठीक दिख रहे हैं! बस, बात तो इतनी ही थी, पर 'हाय', 'हाय' बहुत मची। सदानन्द जी सिर न उठा सके। सारी बातें टालते रहे और फिर उठकर घर चले गये।

नैना किसी से ज़्यादा न बोलती, अपने आप में रहती। उसके लायक़ था भी कौन! कुछ ऐसा बोध उसके आसपास तैरता। बिना बोले ही उसकी उम्र के लड़के और लड़कियाँ कुण्ठित होते रहते! औरतें और मर्द न जाने क्या हो जाते!

तो तारीफ़ों में कुछ बदला न था, बिल्कुल नैना के बचपन जैसी ही–वो जब हँसती, अन्नपूर्णा खिल जाती। वो जब ज़िद करती या रोती तो अन्नपूर्णा पागल हो जाती...उसकी कोई भी ज़िद अधूरी नहीं होनी चाहिए, ऐसा उसके पापा का निर्देश था। जैसे कि उसके बचपन वाले नन्हे हाथ में किसी का लैपटॉप आ जाये और लैपटॉप का मालिक बच्चे से लैपटॉप बचाने की कोशिश करने लगे तो क्या होगा?

"छोड़ दो उनका लैपटॉप। अभी तुम्हारे पापा बढ़िया वाला ला देंगे।"

यही आवाज़ गूँजती।

अन्नपूर्णा या उसके पति श्रीमान् सदानन्द जी, दोनों में से जो भी उस वक़्त बच्चे के आसपास होता, अपनी चिढ़ को रोक न पाता–वह लैपटॉप के मालिक को अपनी शत्रु निगाह की ज्वाला से ख़ाक में मिला देना चाहता। फिर उसी वक़्त, चाहे रात के दस बज गये हों और बन्द होती दुकान को बन्द होने से रोकना पड़ जाये या श्रीमान सदानन्द जी को जब तक यह सूचना पहुँचे। यदि वे वहाँ उपस्थित न हुए तो सूचना उन तक जितनी देर में पहुँचती, बस उतनी ही देर में वे यानी सदानन्द जी इस घटना को सहन न कर पाने की हालत में, अपने को ग़ुस्से-भरी अभिव्यक्तियों से भरसक बचाते हुए एप्पल कम्पनी का आई पैड बच्चे के हाथ में थमा देते–गुलाबी रंग का सुन्दर-सा चालीस हज़ार का (तब की क़ीमत) खिलौना, जिस पर बच्चे के लिए अनेक कार्टून लगा दिये जाते। पैसे का घमण्ड ओस की बूँदों की तरह टपकता और तमाम, तमाम चीज़ों पर देर तक ठहरा रहता! इस घमण्ड से पूरे परिवेश का चेहरा धुँधला जाता–धन कितना भयकारी है! ऐसा तब भी लोग सोच ले जाते–मैं भी।

गीत तब छोटा था और मैं एक नौकरी से निकलकर दूसरी ज्वाइन करने के संघर्ष में दस दिन से मायके में रह रही थी, उसी समय अन्नपूर्णा सिर्फ़ दो दिन के लिए मायके आयी। इस बात को बहुत गौरव के साथ सुनाया गया। सिर्फ़ दो दिन, इसलिए कि ससुराल वालों ने दो दिन बड़ी मुश्किल से दिया था। दो दिन से ज़्यादा इसलिए नहीं कि इस छोटे-से शहरनुमा क़स्बे या क़स्बेनुमा शहर में लाइट चली जाती थी–सारे-सारे दिन गर्मी बहुत थी, लाइट न होने के कारण एक पुराना कूलर, जो चलने पर बहुत तेज़ गरजता था, अनुपयोगी पड़ा रह जाता। टॉयलेट भी उतना अच्छा नहीं था। पुराना इंडियन स्टाइल टॉयलेट था, जो हमारे पैदा होने के पहले पिता जी ने बनारस से पॉट मँगवाकर लगवाया था, तभी से वहाँ एक लोहे की बाल्टी और मग रखा था। उस पर पानी की मोटी परतें जम-जमकर काली हो गयी थीं–उसे इस बार मैंने ही बदलकर नया कर देने की गुस्ताख़ी की थी। माँ का विचार था कि अब उस बाल्टी में कूड़ा रखा जाये। जैसा कि अलिखित नियम था कि पिता जी को इस तरह की बातों में शामिल नहीं किया जाता। हालाँकि मेरे पिता जी ज़रा अलहदा क़िस्म के जीव थे, कभी-कभी अचानक किसी दृश्य में प्रवेश कर के अलिखित नियमों की धज्जियाँ उड़ा देते। लेकिन हा हन्त! इस मसले पर उनके विचार हमें नहीं मिल सके। मेरा मानना था कि अब बहुत हुआ, कूड़ा भी इस बाल्टी के आगे साफ़ लगेगा, तो कुछ नाराज़गी ज़ाहिर करते हुए मैंने बाल्टी-मग पिछवाड़े रख दिया। रखने के बमुश्किल आधे घण्टे बीते होंगे कि एक औरत लगभग झपटती हुई आयी और बाल्टी-मग उठा ले गयी। मुझे जैसे सन्तोष हुआ। किस चीज़ का सन्तोष! बाल्टी-मग अपनी तनख़ाह

से बदल डालने का या औरत के बाल्टी-मग उठा ले जाने का या कि माँ को इतने ज़रा से मसले पर कुछ परास्त कर ले जाने का! पता नहीं, पर कुछ था तो ज़रूर।

सो उस दिन गीत दोपहर में सो गया। निकहरी खटिया पर सोया था। उसकी नींद की गहराई देखकर किसी ने उसे नहीं जगाया। तभी नैना, जो उस समय लगभग तीन साल की बच्ची थी, एक छोटी-सी डफली लिये आयी, डफली हम बहनों में से किसी को स्कूल के दिनों में इनाम में मिली थी और आजकल घर की हो रही सफ़ाई के दौरान बाहर निकल आयी थी, वही पुरानी डफली बजाते हुए नैना आयी और सोये हुए गीत के एकदम सिर के पास बजाने लगी। मुझमें एक माँ तड़पी।

"अरे, वहाँ नहीं। भैया उठ जायेगा।"

लेकिन अन्नपूर्णा ने अपनी बच्ची को मुझसे छुड़ा लिया।

"जहाँ मन करेगा, वहाँ बजायेगी मेरी बच्ची। कभी-कभार तो नानी के यहाँ आने को मिलता है। ज़रा-सा बेचारी ख़ुश नहीं होती कि आप लोग ऑब्जेक्शन शुरू कर देते हैं।"

"अन्नू, दूसरों का ध्यान रखना बच्चों को सिखाना चाहिए। ये जीवन-मूल्यों का मामला है।"

"आप रखती हैं न। क्या मिला आपको? मूल्य पकड़कर बैठी रहिए।"

यह चोट मुझ पर थी–सीधी और शार्प!

बच्ची बजाती रही। बेटा उठ गया। मैं मूल्यों को पकड़े बैठी रही।

जीवन-मूल्य पकड़े चलता आदमी अपनी तात्कालिकता में बेवकूफ़ समझा जा सकता है, पर तात्कालिकता के गुज़र जाने के बाद जो उसके पास बचता है, जो उसे मज़बूती से थामे खड़ा रखता है, वह मूल्य ही होता है—जीवन मूल्य। इतनी हल्की और सारहीन चीज़ नहीं है मूल्य। वह हमें क्षणिक तकलीफ़ दे सकता है पर सबसे लम्बे सफ़र का हमसफ़र भी वही बनता है। अगर ऐसा न होता तो सरेआम यह दरवाज़ा बन्द न किया जाता और इस पर पड़ने वाली अन्नपूर्णा की थाप इतनी दयनीय न होती!

अचानक रोशनी की एक छलाँग-सा दरवाज़ा खुल गया। सामने का दृश्य सहसा उभरे प्रकाश-वृत्त से खींचकर हमें अन्धकार में रोने को पुकार रहा था। दरवाज़े के बीच, दरवाज़े में अटकी-सी नैना खुले बालों के साथ गुस्से में तनी खड़ी थी।

"हर चीज़ का तमाशा बनाते हो तुम लोग..." उसने लगभग फुंफकारकर कहा।

तब सबने उसके कहे को नहीं, दरवाज़े के बीच अटके उसके शरीर को देखा– बाल जो बड़े क़रीने से बाँधे गये थे, खुलकर बेतरतीब इधर-उधर झूल रहे थे मानो कई दिनों से कंघी न की गयी हो। चेहरे का मेकअप, जो कल रात से ही साँवले को गोरा बनाने के सौ लाख प्रयत्नों से चमकाया गया था, धूमिल लग रहा था...होंठो पर लगायी गयी क़ीमती लिपस्टिक अपना रंग खोकर बेनूर-सी कभी अपने होने की गवाही दे रही थी। बदन पर एक लम्बा सिल्वर रंग का गाउन था, जो आजकल फ़ैशन में था।

"ये क्या!"

अन्नपूर्णा चीख़ को दबाकर चीख़ी–इतनी हल्की और बेजान चीख़! फिर अचानक रोने लगी–तेज़ और तेज़ आवाज़ के साथ। उसका यह रोना अकेले का रोना नहीं था–वह पीढ़ियों का, सदियों का रोना था, उसके भीतर एक रुकी हुई, घुटी हुई, बर्फ़ बना दी गयी चीख़ थी, जो अब जाकर पिघल उठी थी–आँच उसके भीतर थी कि पानी खौल रहा था! नैना ने ग़ुस्से से धक्का देकर उसे अन्दर आने से रोका।

"मैं पीछे का दरवाज़ा खोल रही हूँ। धीरज मौसा जी आ जायें, फिर मैं अपने दोस्त से बात करना चाहती हूँ, तुम लोग चले जाओ।"

अब जाकर हमें प्रकाश के पीछे का दृश्य दिखा, जिसमें एक सत्रह, अट्ठारह साल का काला-सा मरगिल्ला लड़का सिर नीचा किये, काला शर्ट-पैंट पहने, उसी कमरे में पड़े पुराने पलंग के किनारे पर बैठा था। लड़के के हाथ में पलंग के ऊपर बँधी मच्छरदानी से लटक आयी पतली-सी डोरी का सिरा था, जिससे अनजाने वह अपनी अँगुलियों को उलझा रहा था...

पीछे का दरवाज़ा भी खुला, जो छत वाले आँगन से जुड़ा था। धीरज वहाँ बेचैनी से टहलते हुए फ़ोन पर फ़ोन किये जा रहे थे। आँगन से अचानक सूर्यास्त की आख़िरी किरणों का हुजूम भीतर घुस आया, उसी में लिपटे धीरज दन्न से भीतर घुसे और जिस दरवाज़े पर हमलोग इकट्ठा थे, उसे तीर की तरह पार करते हुए सीढ़ियों से नीचे उतर गये। उनके भीतर घुसने और तीर की तरह नीचे उतरने वाले क्षण में अन्नपूर्णा और दो तीन लोग भीतर घुस गये। मैं भी उन्हीं लोगों के पीछे जाकर खड़ी हो गयी।

"जाओ तुम लोग।" नैना के खीज भरे आदेश की पहली बार अवहेलना हुई।

"अरे बेटा, समझती क्यों नहीं। तुम्हारे पापा आ रहे हैं। पहुँचने वाले हैं बस अभी। इस लड़के को काट डालेंगे। पागल, इस लड़के को काट डालेंगे। और ऐ बेटा, जाओ अब। तुरन्त चले जाओ। तुरन्त चले जाओ..."

अन्नपूर्णा बातों को इतनी बार दोहराकर कह रही थी मानो एक बार कही गयी बात सुनी नहीं जा सकेगी! बाक़ी लोग कभी लड़के, कभी नैना को देख रहे थे।

आपस में कुछ का कुछ बोल रहे थे। मुझे ऐसे किसी दृश्य से टकरा जाने की सपने में भी उम्मीद नहीं थी। शायद समय हमसे बहुत आगे भाग गया था और मैं, अब तक उस पुरानी कहानी के भीतर रुकी हुई थी, जिसमें आदर्श का कोई रुपहला रूपक चमकता था। जिसमें 'सत्य' अन्ततः जीत जाता था, जिसमें नैतिक मूल्य जीवन से बड़े कर दिये जाते थे! जिसमें स्वस्थ समाज की कोई परिकल्पना साक्षात् रूप धरने को उकसाती थी, कि जिसमें लड़के और लड़कियों की स्वस्थ मित्रता होनी थी, कि एक जगह ऐसी भी बनेगी ,जहाँ जेंडर भेद काम नहीं करेगा, सब समान हो जायेंगे—हमारे, अपने, सबके मानस में समान!

लेकिन इस समानता के लिए संघर्ष में कुछ टूटेगा-फूटेगा, यह कैसे नहीं सोचा गया...

'सेक्स'!? लड़कियाँ कभी सिर्फ़ सेक्स की इच्छा रखेंगी, इतने खुलेआम! यह भी नहीं सोचा गया!

लड़का इस बीच ज़रा सा उठा।

"तुम बैठो!" नैना ने उसे डपट दिया।

अच्छा, तो इस बार यह जीता-जागता खिलौना था, जिससे बिना किसी रुकावट के खेलने की ज़िद थी!

"आरिफ़! तुम्हें धीरज मौसा जी अपनी स्कूटर से चौक तक छोड़ आयेंगे, वहाँ से ऑटो करवा देंगे। तुम फ़ौरन निकल जाओ। पता नहीं कब कोई बात इधर-उधर...इतना हल्ला भी मच गया है...तुम समझदार हो...दंगा भी हो सकता है...अब उठो बच्चे!"

अन्नपूर्णा के बार-बार दोहराये जा रहे वाक्यों को कुछ बदलकर और आवाज़ थोड़ा तेज़कर मैंने कहा। और आख़िरी वाक्य तो बिल्कुल जान-बूझकर कहा। 'दंगा' शब्द भयभीत करने के लिए कम नहीं। हल्ला मच चुका था तो सम्भावना से भी इनकार नहीं किया जा सकता। इस तरह मैंने झूठ तो नहीं ही कहा। लड़का एकदम से इस आख़िरी वाक्य पर उठकर खड़ा हो गया।

"तू बैठ! कौन करेगा दंगा? ये मेरा प्राइवेट मामला है। जाइए आप लोग!" नैना ने लड़के की क़मीज़ पकड़कर लगभग धक्का-सा देकर उसे बैठा दिया।

अपना जीता-जागता खिलौना छोड़ने को तैयार नहीं!

मैंने तुरन्त छोटी के पति धीरज को फ़ोन कर ऊपर बुलाया। अभी तो वे तीर की तरह सीढ़ियों से उतरकर नीचे गये थे। और नीचे क्या गये, पानवाले तक चले गये। मुँह में तम्बाकू भरकर बोले—"यहीं पर भेज दीजिए लड़कवा को। ऑटो करवा दूँगा।"

ग़ज़ब! इतनी गम्भीर बात और धीरज जी के लिए कुछ ख़ास नहीं! वे अपने अन्दाज़ से बाहर नहीं आ सकते! मोहल्ले के लोग आना शुरू हो गये हैं। छत से आवाज़ कई किलोमीटर की रफ़्तार से दूसरों के घरों तक पहुँच रही है और ये!!!

मुसलमान लड़का, डर का मोहल्ला, घिरता हुआ अँधेरा...कोई भी इसे 'लव जेहाद' तक पहुँचा सकता है...

"ग़ज़ब हउवा, महराज! इहाँ प्रलय मचल है और तू हौ कि..." चिंटू भइया भरसक खड़ी बोली में बात कहना चाहते हैं, पर भाषा का संस्कार है कि अपनी जकड़न से आज़ाद नहीं होने देता। वे बनारस से चाहे कहीं चले जायें, बनारस उन्हें नहीं छोड़ता। तो वे अपनी ही ठाठदार बनारसी भाषा में धीरज को समझाने लगे।

स्थिति बेक़ाबू होती देख छोटी ने ख़ुद फ़ोन लगाया।

"ऐ धीरज, आते हो कि नहीं! क्या चाहते हो यहीं मार-काट मचे? चुपचाप चले आओ। लड़के को ऑटो में बैठा दो। बला टले।"

धीरज सबकी बात टाल सकते थे, छोटी की नहीं। वे पाँच मिनट के अन्दर आ पहुँचे।

"इससे बोलो मेरा मफ़लर मुँह पर बाँध ले। चलो।" उन्होंने अपने गर्दन में लटका मफलर लड़के की तरफ़ न फेंककर छोटी की तरफ़ फेंका।

इस बार लड़के ने नैना के हाथ की पकड़ छुड़ा ली और छोटी की गोद में गिरे मफ़लर को झट से मुँह के चारों तरफ़ लपेटते धीरज के पीछे-पीछे नीचे चला गया।

उसी के पीछे सब लोग नीचे उतरकर बैठक में आये। नीचे उतरते ही बैठक का दरवाज़ा पड़ता था। माँ वहाँ एक-एक ख़बर के इन्तज़ार में राह देख रही थीं। बीच-बीच में ऊपर से नीचे आने-जाने वाले उन्हें आधी-अधूरी ख़बरें दे रहे थे। वे अपनी बेचैनी दबाते बोलीं–'चला गया।'

"ले गये धीरज। सुरक्षित बैठा देंगे ऑटो में। और कौन छोड़ने जाता? मुसीबत में सब कोई धीरज को दौड़ाता है। वैसे किसी के लिए धीरज कुछ नहीं!"

छोटी कोई मौक़ा जाने कहाँ देती। उसने यह मौक़ा भी नहीं छोड़ा।

"हूँ..."

यह एक लम्बी 'हूँ' थी, जिसका मतलब कुछ भी हो सकता था। 'बला टली' या 'अब देखना' जैसा कुछ भी।

"तुमने मेरा जीना हराम कर दिया है। बस, तीन साल और, अट्ठारह की होने दो, भाग जाऊँगी मैं, फिर रोना बैठकर।"

नैना चिल्ला रही थी। अन्नपूर्णा को उसने ज़ोर से धक्का दिया। वह दीवार से टकरायी और गिरने से अपने को बचा ले गयी।

"अरे बेटा समझो!" अन्नपूर्णा दीवार से टकराने के बावजूद गिड़गिड़ा रही थी।

नैना आवाज़ तेज़ करती जा रही, जितना तेज़ चिल्ला सकती थी।

"धीरे बोलो, पहले धीरे बोलो।" कोई आगे बढ़ा।

लड़की फिर अन्नपूर्णा पर झपटी।

"बदतमीज़ी मत करो।" अन्नपूर्णा इस बार भड़की। सब लोग सकते में आ गये।

अब शुरू हुआ माँ-बेटी वाक्-युद्ध !

"हमारी लड़की होती न, दो झापड़ मारते सब समझ जाती।"

"खाना बन्द करो दो दिन। मुँह पड़े मक्खी न आने लगे तो कहना।"

जो लोग अब तक चुप थे, आग में घी टपकाने लगे।

"मेरे मामले में दख़ल मत दो। हज़ार बार बोल दिये लेकिन नहीं सुनना है न तुमको..." नैना का वार ज़ारी था। अब अन्नपूर्णा ने भी धक्का देना शुरू किया। लड़ाई अब बराबरी पर आ गयी थी।

"बदतमीज़ी करोगी। चुप नहीं रहोगी, कटा दो नाक। दिखा दो अपना रूप।" अन्नपूर्णा ने अपनी जीभ की तलवार को धार दे दी।

"तुम चुप रहो।"

"अब तक मैं ही तो चुप रही..."

"लड़का काला है तो तुमको प्रोब्लम। ग़रीब है तो तुमको प्रोब्लम। मुसलमान है तो...मैं पूछती हूँ तुम्हें क्या करना है उस लड़के का?"

"चुप,चुप!"

"नहीं रहूँगी चुप। गोरा होता तो तुमको कोई प्रोब्लम नहीं होती न...शादी करनी है तुम्हें इससे? मुझे जब नहीं करनी शादी इससे तो तुम क्यों परेशान...फिर क्यों टाँग अड़ा रही? अब से अगर तुमने मेरे कमरे में आकर झाँका तो सोच लेना क्या होगा? शादी कर लूँगी इसी से..."

तीर-तलवार सब निकल आये थे। बावजूद इसके अन्नपूर्णा उसे ग़लत साबित नहीं करना चाह रही थी।

माँ-बेटी के बीच ऐसी लड़ाई देखना मुझे हैरान और दुःखी कर रहा था। शायद बीच का एक लम्बा वक्फा था, जो मुझसे छूट गया था–मैं रिश्तों के इस विकास को नहीं देख सकी थी–एक छूटा हुआ वक़्त...

"कालगर्ल बनेगी।" लड़ाई के भीषण रूप धारण करने के बीच कोई बुदबुदाया। कौन? कौन?

यह माँ थीं!

"भेज दो मुझे सुखी ताई के पास अमेरिका। रह लूंगी तुम लोगों के बिना।"

"भेजूँगी, भेजूँगी, यही सज़ा है तुम्हारी..."

"अमेरिका में कॉलगर्ल बनेगी। पैसा भी माँ-बाप भेजेंगे। सुना है, मैंने ऐसा केस..."

अब ये कौन? माँ अपनी खाट पर लेटी थीं और लड़ाई से विमुख दिख रही थीं। लेकिन बुदबुदाहट में उन्होंने लड़ाई को भीतर से मात दिया था।

"जैसा पालेंगी, वैसी तो बनेगी।" इस बार छोटी ने लड़ाई को लहकाया।

"अरे, सही-ग़लत का ज्ञान न होगा तो यही होगा।" आग में घी कम नहीं पड़ना चाहिए!

"लड़के को काटकर गाड़ देंगे तुम्हारे पापा। निकल जायेगी भागने-वागने की धमकी! हैं नहीं तो...समझी!"

"क्यों काटेंगे? क्योंकि उन्हें पसन्द नहीं। कब तुम लोग मेरे पर्सनल मामले में टाँग अड़ाना बन्द करोगे?...सही कहते हैं सब लोग कि तुम्हारा नेचर ख़राब है..."

नैना का ये वार ख़ाली नहीं गया। ये नेचर वाली बात का तीर ज़हरबुझा था। अचानक बड़ी अजीब आवाज़ में अन्नपूर्णा रोने लगी। पहले से अलग तरह से!

"हे नैना, इधर आओ तो बच्चा।" अब जाकर किसी ने नैना को पुचकार कर बुलाया।

"काहे इतना गदर काट रही हो? जो हुआ सो ख़त्म हुआ।"

"यही तो नहीं समझ रही हैं ये।"

नैना ने अन्नपूर्णा की तरफ़ हाथ से इशारा किया और धम्म से नानी के बिस्तर पर बैठ गयी। नाराज़, परेशान, थकी।

"इसी मरगिल्ले से तुम्हें प्यार हो गया है?"

श्यामा ने किचन में चाय चढ़ाते हुए पूछा। लेटे हुए नानी ने कम्बल पैर से ऊपर गले तक खींच लिया।

"प्यार इसमें कहाँ से आ गया?" नैना ने मुँह बिचकाया मानो कुछ कड़वा मुँह में आ गया हो। फिर उठी और अचानक किचन में चली गयी और कोई डिब्बा खोलकर उसमें से तालमखाना खाने लगी। खाते-खाते बाहर निकलकर टहलने लगी।

"मन करता है, इस लड़के को मार डालूँ। मेरी बेटी को फुसला रहा..." अन्नपूर्णा धम्म से नानी के बिस्तर पर नहीं बैठी, सामने वाली कुर्सी पर बैठी।

"मने लड़के को मार डालोगी, अपनी बेटी को कुछ न सुधारोगी?"

छोटी ने मौक़ा झपटा।

"तुम लोगों को हमेशा मेरी बेटी में ही बुराई दिखती है। चाहती हो कि चली जाऊँ तुम्हारे घर से, यही असली बात है। हमेशा जलती रहती हो। वो तो पापा का क्रिया-कर्म न होता तो कौन तुम्हारे घर झाँकता?"

"मैं क्यों जलूँ तुमसे? ऐसा कौन सा कुबेर का ख़ज़ाना खोद ली हो? धन है तो तुम्हारे घर का, मेरे किस काम का? मेरा तो जो है, यही है–छोटा-सा, प्यारा-सा घर।"

छोटी ने हाथ मटकाकर नाटकीय मुद्रा बनाकर कहा।

"बाप रे! मेरी अपनी बहन होती तो अब तक काट दिये होते।" छोटी के छोटे बेटे मुन्नन ने मुँह बनाकर ऐसे कहा जैसे अभी ही कोई तलवार उसके हाथ में हो और काट डालने की बेचैनी से वह तलवार भाँज रहा हो। जाने कब वह सारे दृश्य में घुल गया था!

"मुझे अपमानित करने का कोई मौक़ा छोड़ती नहीं न तुम! और ये मुन्नन! यही सिखायी हो इसे?"

अन्नपूर्णा अपना वार ख़ाली जाने पर फिर से रोने लगी। अबकी बार कुछ ज़्यादा तेज़...फिर फूट-फूटकर...

"जिसके घर शीशे के बने होते हैं, वो दूसरों के घर पर ढेला नहीं मारता।" छोटी फेंटा कसकर लड़ रही थी, लेकिन वाक्य के आख़िरी तक आते-आते अन्नपूर्णा के रुदन से कुछ कमज़ोर पड़ गयी।

अन्नपूर्णा का फूट-फूटकर रोना लगातार की सिसकियों में बदलने लगा तो वो बीच-बीच में कुछ बोलने भी लगी। माँ ने अचानक अपना कम्बल सिर तक खींचकर मुँह ढँक लिया। कैसे अजब टाइम उन्हें नींद आ रही थी!

कम्बल ओढ़ते ही उनसे दुनिया कम्बल के बाहर छूट जाती थी!

केवल मैं थी, जो अपनी उस निरादृत चौकी पर बैठी ध्यान से, कुछ चकित होकर यह सब देख रही थी–उसकी हिचकियों के शब्दों को जोड़कर कुछ समझ लेना चाहती थी–क्या अन्नपूर्णा, जो हर शब्द को, वाक्य को, तीन-चार बार दोहराकर बोलने लगी थी, गहरे डिप्रेशन में थी?

"अब रोने से क्या होगा?"

श्यामा ने यह वाक्य दिलासे की तरह फेंका था पर वह गिरा था भाले की तरह!

इस भाले ने रुदन को चीरकर बिखरा दिया। अब रोना रुक-रुककर था...टुकड़ों में...

"जिसे चाय पीना हो बोल दे।"

इसमें मुझे नहीं बोलना था। मैं उनके खाने-पीने में अभी शामिल नहीं थी। जिन्हें बोलना था, वे भी नहीं बोले। चिंटू भैया बाहर टहलकर अन्दर आ गये और अपने मोबाइल की भीतरी दुनिया में गुम हो गये। कभी-कभी जब वे बाहर की दुनिया की तरफ़ झाँकते तो कुछ-न-कुछ बोलकर अपना होना या अपना अब तक का ग़ायब रहना जताते।

"डाल दीजिए एक दो ठो कप।"

पर मेरे कान में अन्नपूर्णा के रह-रहकर निकले शब्द एक कथा रच रहे थे, ऐसी कथा, जिससे हम अब तक अनजान कैसे थे?

"धोखा देकर मेरी शादी किया इन लोगों ने...क्या देखा मेरे माँ-बाप ने...लड़के की नौकरी देखी...पैसा देखा...लड़का नहीं देखा...न रूप, न रंग, न बीमारी...पापा तो कुछ भी नहीं देखते थे...अपनी धुन में रहते...उनका क्या? जो तकलीफ़, सब मेरी... कैसे जानता भी कोई? इन लोगों ने छिपाया...सदानन्द के पैरों में, पीठ में सिरोसिस है...खुजली की बीमारी पूरी देह में फैल जाती है...सबको पैसा दिखता है...मेरा दु:ख किसी को नहीं दिखता...मैंने कैसे-कैसे सब बर्दाश्त किया...किसी को नहीं पता... मम्मी से जब-जब कहती, सुनती नहीं, आज भी कम्बल ओढ़कर सो गयीं...मम्मी कहती ठीक हो जायेगा सब...दवा-इलाज की क्या कमी...लेकिन कुछ रोग कभी नहीं ठीक होते, वे दिमाग़ को भी रोगी बना देते हैं...अब सारा घर पगलाता है तो ग़लती मेरी दिखती है...मैं ही हर जगह ग़लत हूँ...इसी लड़की को अपना जीवन मान लिया था मैंने...जान लगा दी पालने में...अब ये भी वही करती है–इनसल्ट...जैसे इसके पापा करते हैं...इनसल्ट...मुझे कहाँ आता था बढ़कर, चिल्लाकर बोलना...तो सब मुझे कमतर समझते थे...अब जब सीख लिया तो यहाँ सब ख़राब समझते हैं...किसी तरफ़ चैन नहीं...अब तो मेरा बच्चा मुझ पर हाथ उठाने लगा...अब तो मेरा जीवन बेकार...क्या करूँ...कहाँ जाऊँ...अपने पाँव के नीचे ज़मीन नहीं...तब पापा कहते थे नौकरी करो...तो इनके परिवार को बुरा लगता...नौकरी कर रही होती तो अच्छा होता...कुछ कर तो पाती...कम-से-कम नीली दी की तरह ठाठ से रह पाती...पति चला गया लेकिन क्या कमी है उन्हें...मज़े से खा-पहन रहीं...पापा कितना चाहते थे लड़कियाँ कुछ बन जायें..."

मैं कोई मज़े से खा-पहन नहीं रही थी, मेरी अपनी तकलीफ़ें थीं...यहाँ यह सब कहना बेकार लग रहा था, फिर भी पहली बार इन सात दिनों में कोई पिता को याद कर रहा था!

"इससे अच्छा तो मर जाऊँ...सब झंझटों से मुक्ति मिले..."

अचानक रोने के बीच उसने यही कहा। पता नहीं मुझे क्या हुआ कि मैं उस निरादृत चौकी से उठी और उसका कन्धा थपथपाने लगी—बहुत धीरे बहुत प्यार से... इसके बचपन में हज़ारों बार मैंने इसे नहलाया, धुलाया था, कपड़े पहनाया था, बाल काटे थे, बालों की हज़ार स्टाइल बनायी थी...यहाँ तक कि पहली बार पीरियड शुरू होने पर पैड लगाना भी सिखाया था...

अन्नपूर्णा ने धीरे से मेरा हाथ हटा दिया। तब मुझे याद आया कि मैं अभी छुआछूत के घेरे में क़ैद हूँ। दसवीं हो जाने तक किसी को छू नहीं सकती—कोई करुणा, कोई दुःख इस कर्मकाण्ड को भेद नहीं सकता था!

"आप तो कुछ नहीं मानती न!"

रुलाई रोककर उसने मुझे कुछ वितृष्णा, कुछ गुस्सा, कुछ विरोध...पता नहीं कितने अजीब भावों से मिलकर बने भाव से देखा।

"नहीं। मैं मानती हूँ—मनुष्य के दुःख को। मनुष्य की करुणा को—मनुष्य के विवेक को...यही विवेक है, जिसे हम ईश्वर का अंश कहते हैं...मनुष्य ही बड़ा है। सारे सामाजिक नियम-सन्दर्भ उसके इर्द-गिर्द उसी के लिए हैं। वह नियमों का ग़ुलाम नहीं, नियमों का निर्माता है। फिर नियम बड़े और मनुष्य छोटा कैसे हो गया!..."

ऐसा तमाम कुछ मुझे कहना था, पर वह झटके से उठी—

"अब आप कहेंगी कि आपके लिए मनुष्य सबसे बड़ा है। दर्शन कहीं और जाकर बघारिए। आपकी वजह से सब हुआ...परसों अगर आप बीच में न पड़तीं तो..."

वाक्य पूरा किये बिना वह गिरती पड़ती सी कमरे में जाकर सो गयी।

परसों! हाँ परसों, मेरे सिर पर हथौड़े की तरह गिरा। परसों! मैं क्यों बीच में पड़ी? मैं तो सुलझाने ही आयी थी पर गुत्थी उलझती चली जायेगी, इसका अनुमान न था।

समय का एक वक़्फ़ा, जो मुझे हैरान परेशान किये हुए था, मेरे हाथ से छूट गया था, उसी छूट गयी चीज़ों ने बदल गयी चीज़ों का पता इस तरह दिया था...

पानी का भँवर है
—नीली

छठाँ दिन-पिछले परसों का काण्ड

पिछले दिनों की तरह यह दिन नहीं था। जाड़े की धूप छिपी हुई थी–बादल अपने घमण्ड में चूर–न बरसते थे, न टलते थे। मैं रोज़ की तरह आज सुबह भी नहा-धोकर, छोटी के छोटे बेटे के साथ स्कूटर पर पीछे बैठकर, पीपल के उस वृक्ष तक गयी थी, जहाँ घण्ट टाँगा गया था, उसमें जल भरकर, दीपक जलाकर, प्रकृति के प्रतीक वृक्ष से प्रार्थना कर लौट आयी थी। घर के भीतर सब कुछ रोज़ की तरह चल रहा था। मैं देर तक इन्तज़ार करती रही कि किचन ख़ाली हो तो मैं किचन में ही एक तरफ़ दी गयी अपनी रसोई में जाऊँ और वहाँ एक छोटी-सी मेज़ पर रखे गैस चूल्हे पर अपनी ब्रेड सेंक लूँ। मुझे ब्लड प्रेशर की दवा खाने में देरी हो रही थी। लेकिन इतनी ज़रा-सी बात की शिकायत मुझे ख़ुद ही अच्छी नहीं लगी। सो इन्तज़ार करती रही।

कुछ ही देर में अन्नपूर्णा अपने ससुराल के घर से आ गयी, साथ में अपनी ज़रूरतों की कुछ चीज़ें लिये हुए। जैसे कि वलवेट वाला सुन्दर मोटा कम्बल, किसी ख़ास कम्पनी का, जिसे वो जब जाती तो अपने साथ ले जाती, जब लौटती तो अपने साथ ले आती, जिस रात यहाँ नहीं रुकना होता, उस रात नहीं ले आती–ये कम्बल लाना, ले जाना इसलिए था कि कहीं उसके पीछे उसका क़ीमती कम्बल कोई दूसरा न ओढ़ ले। वह अपने साथ एक टिफिन में राजमा लेकर आयी थी। राजमा इतना नहीं था कि सारे लोग खा सकें। माँ ने मनाकर दिया। मुझे उधर का खाना मना ही था। छोटी के दोनों लड़के खा चुके थे। धीरज की कोई गिनती थी नहीं और चिंटू भैया को राजमा के बारे में बताया नहीं गया। बूढ़ी स्त्री को राजमा हज़म नहीं होता तो उन्हें नहीं चाहिए था। बूढ़े होने से उनकी श्रवण-शक्ति कई हज़ार गुना बढ़ गयी थी और वे दरवाज़े के भीतर होने वाली खुसुर-पुसुर को भी किसी टाइपराइटर पर टाइप की गयी इबारत जितना साफ़-साफ़ अपने दिमाग़ के कम्प्यूटर में दर्ज कर लेतीं। इसका नज़ारा हमें रोज़ दिख रहा था। तिस पर भी वे, वहीं खाये गये राजमा के बारे में जान नहीं पायीं! इस तरह तीनों बहनों ने राजमा खाया। सब्ज़ी आती तो भी तीनों ही खातीं।

शाम की चाय के साथ तेज़ आवाज़ों में अनेक प्रकार की गप-शप चल रही थी कि अचानक श्यामा के पास फ़ोन आया। किसका? किसका? कोई जानता कि श्यामा एकदम उद्विग्न होकर 'धीरज' 'धीरज' चिल्लाने लगी– "जल्दी स्कूटर निकालिए।" इतना कहते हुए उसने अन्नपूर्णा को कन्धे से हिलाकर कहा–"चलो जल्दी।"

अन्नपूर्णा 'कहाँ?' के भाव में उठकर खड़ी हो गयी।

"अरे चलो! वहाँ बड़ा गदर हो गया। सदानन्द जी ने उस लड़के को थप्पड़ मार दिया। कह रहे हैं वो खड़ा-खड़ा चिल्ला रहा है। मने रो रहा है।"

अन्नपूर्णा सन्न रह गयी। अचानक पाँव में दही जम गया, जैसे चला न जा रहा हो, इतनी धीमी गति से वो मुड़ी। धीरज को फ़ोन लगाया गया। वो पान की दुकान से धीरे-धीरे चलकर आये। "अरे दौड़कर आइए।" इस पुकार का उन पर कोई असर न हुआ।

"स्कूटरवा में आग लगा देंगे, समझे।" तब छोटी ने छोटी-सी धमकी दी।

उनकी गति थोड़ा बढ़ी पर स्कूटर निकालने में उन्होंने थोड़ा और वक़्त लिया।

कुछ लोग किसी भी परिस्थिति में अपनी चाल-ढाल नहीं बदल पाते। वे एक ख़ास तरह के फ्रेम में फ़िट हो चुके होते हैं–धीरज कुछ वैसे ही थे।

"क्या! लड़का कहाँ मिला?" अब जाकर अन्नपूर्णा के मुँह से फूटा।

"जहाँ तुम्हारी लड़की गयी थी, वहीं।"

"नैना तो मॉल गयी थी! वहीं?"

"वहीं आया होगा। अब बैठो भी।" श्यामा ने खीजकर कहा। अन्नपूर्णा अपने दही जमे पैरों को खींचती हुई स्कूटर पर बैठ गयी। तीन सवारी वाला स्कूटर चल पड़ा।

पीछे छूट गये लोग छूटी कहानी को पूरा करने की कोशिश करने लगे। इससे पहले तक मुझे लड़के के बारे में कुछ पता नहीं था। मैंने अन्दाज़ लगाया कि नैना का कोई प्रेम-प्रसंग हो सकता है।

"हद है, मम्मी! उसने वहाँ भी बुला लिया!" छोटी का बड़ा लड़का, जो कमरे से बहुत कम बाहर निकलता था और बहुत धीमी औरतों जैसी आवाज़ में बोलता था। अपने कमरे से निकलकर विस्मय भरा एक वाक्य उछालकर वापस चला गया।

"मति मारी गयी है।" बूढ़ी बुदबुदायीं।

तो इन्हें भी पता था!

"मारने की क्या ज़रूरत थी? वो भी मॉल में!" छोटी का मत।

"मुसलमान लड़के को मारने से बचना चाहिए था।" चिंटू भैया आलस में रज़ाई के अन्दर लेटे थे। अभी तक दोपहर की नींद का ख़ुमार था।

"अच्छा, लड़कवा मुसलमान है!"

"वो सदानन्द न, अपना ग़ुस्सा क़ाबू नहीं कर पाते हैं।" माँ ने अपनी खटिया पर से पैर नीचे लटकाकर कहा।

"अब इसी बात पर कुछ्छो हो सकता है! इतना ख़राब टाइम चल रहा है..."

"बात यहाँ तक पहुँची कैसे?"

"बात है क्या?" मैंने फिर यह पूछना टाल दिया। अपमानित होने से बचना ही एकमात्र विकल्प था।

ताना-बाना उधेड़ देने को बेताब छोटी, एक पल तिरस्कार से मेरी तरफ़ देखकर अपने आप बोलने लगी– "एक मुसलमान लड़के के चक्कर में फँसी है। जहाँ जाती है, वहीं बुला लेती है।"

"लेकिन उ त हैदराबाद में रहती हैं। उहाँ से इ लड़कवा इहाँ कहाँ आ गया? इ हमारी समझ में नहीं आ रहा।" चिंटू भैया कुछ हैरान तो थे।

"कौनो इश्क़ का मामला जान पड़ता है। अन्धा होता है इश्क़।"

"हा, हा, हा..." छोटी हँसी।

"कितने पिछड़े हैं आपलोग! अरे, चैटिंग एप हैं कई सारे। डाउनलोड करो और जिससे चाहे, जो लड़का लड़की पसन्द आये, उससे बात करो, मन करे बुला लो। चाहो तो अपना नाम पता छुपा सकते हैं, चाहो तो नहीं। फ़ोटो भी होती है। पसन्द आ जाये तो बात कितने भी आगे जा सकती है। जब मर्ज़ी करे, छोड़ दो। आजकल के लड़के-लड़कियों का नया फ़ैशन है चैट, मुलाक़ात की जगहें...उसी में से पायी है शायद।"

"बकिर लड़कवा आपन नाम आरिफ़ काहे रखा है? नक़ली रखना था तो कौनो बढ़िया नाम न सूझा ससुरे को?"

"असली नाम है उसका भैया। चैट के लिए कुछ और रखा होगा।"

"हे भगवान!" माँ हल्का-सा हिलीं।

"मैंने सुना है। मेरे ऑफ़िस में लोग ऐसा करते हैं। शायद किसी भी उम्र के लोग हैं।"

"होंगे, लेकिन जवान के लिए जवान ही होंगे या क्या पता। ज़्यादा तो टीनएजर बच्चे हैं वहाँ। आये दिन ख़बरें आती हैं।"

"घोर कलयुग यही है।"

"हाँ, मैंने भी सुना था कि एक ठो डॉक्टर लड़की को कौनो आदमी चैटकर-कर के ठग ले गया। पाँच लाख का चूना लगा दिया। बाद में उसका नाम-गाँव सब नक़ली निकला।" चिंटू भैया का आलस थोड़ा-थोड़ा टूटा।

"मने डॉक्टर हो के भी न बच सकीं!" माँ ने निराश आवाज़ में कहा।

यह मुझे अच्छा नहीं लगा। भीतर से मेरा मन खौल उठा। यह सीधा-सीधा बुद्धिमान लड़कियों को कमतर साबित करना था। इस तरह की बातें पहले भी फ़ैलायी जाती थीं जैसे कि नौकरी करने वाली लड़कियाँ लड़ाकू होती हैं, कहीं एडजस्ट नहीं कर सकतीं। वही अब नये रूप में उनकी बुद्धि पर प्रश्नचिह्न लगाना था!

"ठगी तो किसी के साथ हो सकती है। डॉक्टर लड़की ही क्यों? लड़कियों का मज़ाक़ उड़ाने का नया तरीक़ा है ये।"

मेरी इस बात को किसी ने तवज्जो नहीं दी। रंग में भंग जैसी बात थी। छोटी ने मुँह उधर कर के बिचकाया कि मुझे दिखायी न पड़े। बाक़ी लोग एक क्षण को चुप हो गये।

"कहो तो पकड़ के एक मिनट में नटई दबा दें। कुल चैट-वैट धरा रह जायेगा।"

"आप नटई दबाने का काम पकड़ लीजिए। कितना दबाइएगा? ये जायेगा, दूसरा आयेगा।"

"अइसा थोड़े न!" चिंटू भैया को एकदम विश्वास न हुआ। वे उम्र में मुझसे कुछ बड़े थे। हमारे ज़माने के थे।

"नया-नया चश्का है।"

"अरे सब लोग चुप रहो। फ़ोन आ रहा श्यामा दी का।" छोटी चिल्लायी।

"क्या?"

"दोनों जनी मने श्यामा दी और अन्नू दी, नैना और सदानन्द जी के साथ नैना की दादी के घर चली गयी हैं।"

"धीरज कहाँ हैं?"

"उन्हीं के साथ होंगे। हम पूछे नहीं।"

"लड़का कहाँ गया?"

"उसे धीरज ने समझाकर भेज दिया। गया। अब छोड़िए।"

"मारना नहीं चाहिए था।"

"हाँ, मारपीट क्यों करनी! डाँटकर भेज देते।"

"श्यामा किसलिए फ़ोन की?"

"कह रही थीं खाना बना लो, उन लोगों को थोड़ी देर हो जायेगी।"

"इस लड़की के दिमाग़ में खाना भर गया है। कुछ हो, इन्हें खाना बनाना ज़रूर याद आयेगा। ये नहीं कि घटना पूरा बतायें।"

घटना ब्यौरेवार जानने की बेचैनी बहुत थी!

"लाओ हम लौकी काट दें।" बूढ़ी स्त्री कुछ कर नहीं पाती थीं पर काम करने का हौसला बहुत प्रकट करती थीं। इस तरह यहाँ रुकने के अपने बोझ वाले अहसास

को ज़रा कम कर ले जाती थीं। वे हताश हुईं–"ऐसा हम कहीं न सुने, न देखे।" उन्हें अपने अनुभवों पर पहली बार असन्तोष हुआ।

"तब तो अपनी लड़की का नटई कसना पड़ेगा।" चिंटू भैया चिन्ता में पड़े थे।

अभी मैं सोच ही रही थी कि वे लोग वहाँ किस तरह सब सँभाल रही होंगी? या क्या चल रहा होगा वहाँ? श्यामा को फ़ोन कर पूछा जाये? तभी दनदनाते हुए धीरज अन्दर आये। उनके पीछे श्यामा, नैना को आगे करते हुए, उन सबके पीछे अन्नपूर्णा कुछ मन्द चाल से...

"सदानन्द कहाँ हैं? गाड़ी से नहीं आयी तुम लोग?"

"गाड़ी से आये। उनके चचेरे भाई गाड़ी से हमें छोड़ गये। बड़े ग़ुस्से में हैं सदानन्द। किसी के क़ाबू में नहीं आ रहे। पिस्टल निकालकर ले जा रहे थे। उनके पिता जी उनका कमरा लॉक कर दिये हैं।"

"हरे राम! हरे राम!"

"मार दिये न, यही ग़लती हो गयी। लड़का भी चिल्ला-चिल्लाकर रोने लगा।"

"पहले डाँटे, फिर ले थप्पड़ ले थप्पड़..."

"केवल एक थप्पड़ मारे..."

"अब चाहे एक मारें चाहे पचास। असली सवाल है कि मारे काहे?"

"मारना ठीक नहीं..."

"अरे मम्मी, इनके घर तो ऐसा कोहराम मचा है...नैना और अन्नू का वहाँ आज रुकना ठीक नहीं..."

"कहीं सदानन्द का ग़ुस्सा इन्हीं पर न..."

"बाप रे बाप! पहले हमें चाय दो छोटी, सिर चकरा रहा..."

"मगर हुआ क्या था? मने किसने किसको बुलाया?"

"लो रामायण ख़त्म और पूछ रही हैं सीता कौन थीं?"

"बड़ा शातिर लड़का है। यहाँ तक चला आया हैदराबाद से!"

"हैदराबाद का नहीं है भइ, इधर ही कहीं का है, इसीलिए तो चला आया..."

"कोई जानता नहीं कि कहाँ का रहने वाला है?"

"किसी को नहीं पता..."

नैना मुँह फुलाये एक कोने में जाकर बैठ गयी।

"हिन्दू-मुसलमान का इश्क़ मोहब्बत हो तो मार-काट मचनी ही है..."

"इश्क़ नहीं है।" नैना वहीं से चीख़ी।

"तब कौन चीज़ है, बच्ची?"

"नाहक तुम्हारे पिता जी उसको कूट आये हैं?"

"आप लोग ज़बरदस्ती मार-काटकर रहे।" नैना दूसरी तरफ़ मुँह कर के बैठ गयी।

बात तो ठीक है। इस तरह की मार-काट की ज़रूरत क्या? मैं अनजाने नैना की तरफ़ हो गयी। लड़की अगर किसी लड़के से मिलने गयी या उसे बुला लिया तो मेरी समझ से इतनी बड़ी बात न थी। लड़की पर भरोसा करना चाहिए। अब बड़ी हो रही है, उसे अपना स्पेस चाहिए ही। हर वक़्त उसके पीछे पड़े रहना ठीक नहीं।

"किसी लड़के से मिल ली तो क्या हुआ? अपने बच्चे पर भरोसा करो।"

यहीं अचानक अपनी लक्ष्मण रेखा पार कर के मैं बीच में कूदी थी।

"वो लड़का इसे फुसला रहा..."

"अन्नू, बच्ची अक़्लमन्द है, ऐसे कैसे कोई फुसला लेगा?"

"आप नहीं समझेंगी।"

"डाँटकर भगाने तक ठीक था, मारते नहीं, इससे बात बिगड़ सकती है..."

छोटी के इतना कहते ही गेट पर कुछ लोगों के आने की आहट हुई।

अँधेरा हो चुका था। वे लोग जूते-चप्पल उतारकर अन्दर आये। सामने वाले सज्जन अधेड़ उम्र के थे। सिर पर गमछे से साफ़ा जैसा बाँधे थे, कुर्ता-पैजामा के ऊपर आधी बाँह की गरम जैकेट पहने थे। उनके पीछे तीन और लोग थे। धीरज ने सामने वाले सज्जन को पहचानकर "आइए, आइए क़ादिर साहेब" कहा। अचानक जैसे कुछ 'झन्न' से बजा!

कुर्सियों पर बैठे लोग जल्दी-जल्दी उठकर जगह बनाने लगे। वे लोग बैठ गये। पानी-वानी पीने के लिए हाथ से मना कर दिया।

"आपके यहाँ ग़मी है। हम बड़े अफ़सोस से आये हैं।"

सारे लोग बिना पलक झपकाये क़ादिर साहब का मुँह देख रहे थे कि कब उनके मुँह से अगला वाक्य फूटे।

"बिना चिंगारी के आग नहीं भड़कती धीरज साहब। हमारे पड़ोसी हैं आप लोग। समझदार लोग हैं।"

सबको साँप सूँघ गया।

"ज़रा से लौंडे से मारपीट करने की क्या ज़रूरत थी?"

"मारपीट नहीं, सिर्फ़ एक थप्पड़।" मरियल-सी आवाज़ में किसी ने कहा, पर आवाज़ ठीक से निकली नहीं।

"माता जी, आप बुज़ुर्ग हैं। ग़मी में हैं। इंशा अल्लाह अभी दिमाग़-देह सब दुरुस्त है।" वे रुके।

"घुटने में बड़ी तकलीफ़ होती है।"

कुछ अजीब-सी घरघराती आवाज़ आयी, मानो यही इस वक़्त सबसे बड़ी समस्या थी और सामने क़ादिर साहब नहीं, डॉक्टर साहब बैठे थे।

कुछ देर तक कादिर साहब कुछ नहीं बोले। विचारमग्न से बैठे रहे। यह चुप का वक़्त किसी युग की तरह लम्बा हो रहा था–असहनीय।

अचानक क़ादिर साहब उठ गये–"कोई दिक़्क़त हो तो तुरन्त इत्तिला करिएगा।"

"जी, अपने बच्चे जैसा है वो भी। अपने बच्चों पर भी तो ग़ुस्सा...बच्चों का आपसी झगड़ा..."

क़ादिर साहब कुछ नहीं सुन रहे। हाथ जोड़कर निकल गये। उनके पीछे तीनों आदमी भी चले गये।

उनके पीछे रात की रोशनी भी जैसे चली गयी।

"सबको मुसीबत में डालकर सदानन्द जी अपने घर में छिपकर मलाई उड़ा रहे..."

छोटी की कड़ुआहट कम नहीं है।

"खाना हमेशा दस तरह का खाते हैं। खाने के शौक़ीन..." अन्नपूर्णा की आवाज़ उदास थी।

"यहाँ खाने की बात चल रही है? नहीं न!"

श्यामा, जो कि माहौल की नज़ाकत के हिसाब से बोलती है, अपने को रोक न सकी।

"ज़रा-सा मौक़ा मिला नहीं कि अपने घर का सोना-चाँदी दिखाने लगती हो! कब समझोगी परिस्थिति की गम्भीरता!" छोटी ने अपना नश्तर तेज़ किया।

"हमें तो सज्जन आदमी लग रहे थे। मगर कब क्या हो जाये, कौन जाने!"

चिंटू भैया का भयमिश्रित धैर्य प्रदर्शन।

"मने क्या हो सकता है चिंटू भैया? मतलब दंगा! हे भगवान, हमारे घर में ये सब होना है!" छोटी हाहाकार-सा करती इधर-उधर तेज़ गति से घूमने लगी।

"कुछ्छो!"

चिंटू भैया इतने लापरवाह कैसे हैं!

फिर छोटी अपना माथा दबाते हुए एक तरफ़ जाकर बैठ गयी। धीरज चुप क़दमों से वापस आये। माँ अपने घुटनों को सहला-सहलाकर दबाने लगीं, मानो सारे हंगामे की जड़ को घुटना दबाकर ख़त्मकर डालेंगी। सन्नाटा दुश्वार-सा तन गया...

"नैना कहाँ हैं?"

"नैना! नैना!" अचानक सन्नाटे को किसी ने चीरा।

नैना ऊपर के कमरे में अधलेटी फ़ोन पर लगी हुई थी।

"यहाँ है।" छोटी के छोटे बेटे ने बताया।

"क्या करूँ? अब वो मुझसे बात नहीं कर रहा।" नैना तेज़ी से नीचे आयी और अपनी माँ पर रुआँसी आवाज़ में गरजी।

"तुम लोगों ने सब बर्बाद कर दिया। इतनी देर से कोशिश कर रही, लेकिन वो मुझसे न बात कर रहा, न मैसेज़ का रिप्लाई दे रहा।"

फिर शुरू हुआ अन्नपूर्णा और नैना की बहसाबहसी का दौर...

"क्यों तुम लोग पीछे पड़े हो मेरे? मैं मॉल नहीं जा सकती? बच्ची नहीं हूँ मैं! क़ैद कर के रख लो पिंजरे में...मैं किसी से नहीं मिल सकती न...हरदम मेरे ऊपर निगरानी रखती हो...पापा को क्या ज़रूरत थी मॉल में आने की?...क्यों तुम चुपके चुपके मेरा मोबाइल चेक करती रहती हो...भाग जाऊँगी मैं...घर छोड़ दूँगी...मर जाऊँगी..."

पता नहीं क्या-क्या नैना बोले जा रही थी–बिगड़ती, डाँटती, झल्लाती...

"बेटा, ये सब ठीक नहीं...समझो, इस तरह नहीं कर सकती तुम...पढ़ना-लिखना छोड़कर क्या बना रही ख़ुद को...मौसी लोग देख रही हैं...चिंटू भैया जायेंगे तो सारे गाँव में सुनायेंगे..."

"ये दुनिया कितनी ख़राब है...तुम हो भोली-भाली...कुछ पता नहीं तुम्हें...स्वर्ग में रह रही हो तो जो मन आये बक रही...और पापा की धमकी तो देना मत...वो क्या पीटेंगे...अब बहुत हिम्मत आ गयी है मुझमें..."

अन्नपूर्णा नैना को नहीं ख़ुद को समझा रही थी–

"ठीक कर ले जाऊँगी मैं तुम्हें...देखूँगी कैसे कहीं भागती हो...मरने की तो सोचना भी मत नहीं तो ऐसा कर्फ्यू लगाऊँगी कि..."

"क्या कह रही हो, अन्नू!" मुझसे रहा नहीं गया।

"तुम्हारे बराबर नहीं है वो। उससे माँ की तरह पेश आओ। और क्या हुआ जो नैना किसी दोस्त से मिल ली? मॉल में बुला लिया...क्यों ज़रा-सी बात को तूल दे रही हो?"

"आप मत बोलिए। कुछ नहीं जानतीं आप! लड़की मेरी बिगड़ रही है, आपका क्या जाता है..."

"मैं तो बस..."

"आपको पता भी है लड़का किस जाति का है?"

"अन्नू, जाति कहाँ से आ गयी दोस्ती में? ऐसे कब से सोचने लगी तुम? लड़की है तो क्या किसी लड़के से दोस्ती नहीं कर सकती?"

"क्यों नहीं कर सकती? हैं नहीं क्या इसके दोस्त? स्कूल में पढ़ने वाले लड़के तो घर भी आते थे लेकिन जब से ये कोरोना आया, ऑनलाइन हुआ, तब से ये चैटिंग की लत लग गयी...सब इंटरनेट ने कबाड़कर डाला...करें न लड़कों से दोस्ती, लेकिन कुज्जड़, कबाड़ी..."

"बस, बस, इस भाषा में तो हो चुका कोई समाधान!"

नैना अचानक मेरी तरफ़ फटी आँखों से देखने लगी और फिर झटके से आकर मेरा हाथ पकड़कर सहलाने लगी। लिपट जाना चाहती थी, चूम लेना चाहती थी, पर उसे अहसास हुआ कि छुआछूत जैसा कोई घेरा है, भावातिरेक में उसने मेरा हाथ ही पकड़ा, एक क्षण ठिठकी, फिर गले में झूल गयी।

"अरे राम, छोड़ो उन्हें! नहाना पड़ेगा।"

"नहा लूँगी। मौसी सुनिए, इस घर में मुझे कोई प्यार नहीं करता।" पहली बार नैना की आँखें भर आयी थीं।

जो लड़की प्यार के तालाब में डुबाकर पाली गयी थी, वो कह रही थी कि उसे कोई प्यार नहीं करता!

प्यार, चाहे कितना लबालब भरा हो, अगर साँस लेने का स्पेस नहीं छोड़ता तो दमघोंटू ही साबित होता है। ऐसा दमघोंटू प्यार, धन-दौलत दे सकता है, पलकों तले निगरानी में रख सकता है, जीवन की ख़ुशी नहीं दे सकता...

"मैं तो करती हूँ न।" मैंने उसका दोनों हाथ पकड़ लिया।

"बच्चों का सब माफ़ होता है, रात में नहाने की ज़रूरत नहीं।"

"मैं तो बच्ची नहीं।"

"सॉरी, माय स्वीट यंग गर्ल।"

"अन्नू, तुम भी बैठो। चलो, अब समस्या को सुलझाते हैं।"

"देखें क्या उपाय बताती हैं?" छोटी ने व्यंग्य में आवाज़ ज़रा तेज़ कर के कहा। माँ उठकर अपने बिस्तर पर बैठ गयीं, जैसे कोई अचूक उपाय का अग्नि बाण अभी निकलेगा और सारा टेंशन जलकर भस्म हो जायेगा। श्यामा भी कहीं से आकर खड़ी हो गयी। अन्नपूर्णा लड़ने की मुद्रा में ही माँ के बिस्तर के आगे पड़ी कुर्सी पर बैठ गयी।

"आज की रात नींद नहीं आयेगी।" कोई बुदबुदाया। शायद चिंटू भैया!

"मैं सिर्फ़ इतना कहना चाहती हूँ कि..."

"निबन्ध मत लिखिए, जो कहना है कहिए।" छोटी की तुर्शी।

"बस यही कि प्यार से समस्या को सुलझाना चाहिए। पीटने की क्या ज़रूरत है?"

"पीटा नहीं, सिर्फ़ एक थप्पड़..." अन्नपूर्णा तड़प उठी।

"ये अन्धी हो चुकी हैं। कुछ नहीं दिखता इन्हें। सदानन्द जी और नैना की ग़लती तो बिल्कुल नहीं! इनको छोड़िए, बोलिए, बोलिए, देखें क्या है?"

"अब एक मारा कि चार मारा बवाल तो होगा न।"

"पता नहीं वो लड़का क्या करेगा? रोता रोता गया है तो उसके घर वाले भी तो..." श्यामा ने चिन्ता जतायी।

"अब मैं बोलूँ?"

परेशान होकर मैंने पूछा।

"कौन रोक रहा है?"

"आपको कौन रोक सकता है?"

"अच्छा, सुनने तो दो।"

"उससे नैना बात करे और मना ले। कह दे कि पापा को ग़लतफ़हमी हो गयी या पापा बड़े ग़ुस्से वाले हैं। और नैना सुनो, तुम उसको सॉरी कहो, अपनी तरफ़ से भी और अपने पापा की तरफ़ से भी।" मैंने शोर को किनारे करके कहा।

"नहीं मौसी, नहीं हो सकता। वो मेरा फ़ोन नहीं उठा रहा, न मैसेज का जवाब दे रहा...अब मैं उससे कभी बात नहीं कर पाऊँगी..." नैना बुलुर-बुलुर रोने लगी।

"क्यों नहीं कर पाओगी? सब ठीक हो जायेगा।" अन्नपूर्णा फिर तड़पी।

"अन्नू, कुछ भी बोल रही...एक पानी पर रहो! तुम पहले ख़ुद को सँभालो। अगर वो नैना का फ़ोन नहीं उठा रहा तो उसे बच्चा मानकर तुम क्यों नहीं बात करती।" मैंने समझाने की कोशिश की।

"मैं? मैं नहीं कर सकती।...अं...मुझसे नहीं होगा। आप कर लीजिए। मैं तो उसकी शक्ल नहीं देखना चाहती।" अन्नपूर्णा बचने के बहाने ढूँढ़ने लगी।

"मेरे बात करने से बात नहीं बनेगी, अन्नू। तुम करो तो अच्छा रहेगा। तुम्हारा फ़ोन नम्बर नहीं पहचानता है तो हो सकता है फ़ोन उठा ले। प्यार से, समझाकर कहो। सदानन्द जी के ग़ुस्से के लिए सॉरी भी कह दो।"

"म...मैं...मुझसे नहीं होगा।"

"तो फिर मैं सुबह उससे मिलने चली जाऊँगी। चाहे जैसे जाऊँगी...बस जाऊँगी, मेरे कारण उसे मार पड़ी..." नैना अलग तड़प रही थी।

"तुम कहीं नहीं जाओगी, समझी। चलो, कमरे में।" अन्नपूर्णा नैना का हाथ पकड़कर खींचने लगी।

"अन्नू दी, म...म मत करो। बात को टालो मत। लड़की को छोड़ो। तुम्हारी वजह से सबकी खाट खड़ी है।"

"विद्रोही हो गयी है लड़की।" कम्बल के भीतर से आवाज़ आयी।

"एक बार बात कर लेने में कुछ बुराई नहीं है। वैसे भी क़ादिर साहब तक बात जा ही चुकी है। देखो, रात भर में क्या होता है...डर भी लग रहा..." धीरज ने धीरे से कहा।

डर के भीतर और डर उगा–!!!

"अन्नू, कर लो बात। इतना क्या सोचना। तुम्हारी बेटी के बराबर तो है।" श्यामा ने कुछ सामने आकर कहा।

"दो साल बड़ा है।" अन्नपूर्णा का हताश स्वर।

"हे भगवान!"

"दो साल बड़ा है तो क्या हुआ? तुम्हें तो हर चीज़ से प्रोब्लम है..." नैना अपनी जगह से आकर ठीक अन्नपूर्णा के सामने खड़ी हो गयी।

"अच्छा, शान्त, शान्त; अन्नू, तुम अगर साथ नहीं दोगी तो कैसे होगा?" मैंने दूर से उसका हाथ पकड़ने का अभिनय किया। उसने घबड़ाते हुए सबकी तरफ़ देखा। नर्वस और भयभीत।

"उनको नहीं आना चाहिए, मने तुम्हारे सदानन्द जी को। वो ख़ाली प्रोब्लम बढ़ाने के लिए हैं?" छोटी के भीतर घिर आयी चिन्ता अब निर्मूल नहीं है।

अन्नपूर्णा छोटी की तरफ़ मुड़ी, कुछ कहने के लिए मुँह भी खुला पर रुक गयी। उसने फ़ोन उठा लिया।

लड़के ने एक दो रिंग पर ही फ़ोन उठा लिया, मानो इन्तज़ार कर रहा हो किसी फ़ोन का, अरे नैना का तो बिल्कुल नहीं, क्योंकि नैना का फ़ोन वो नहीं उठा रहा था।

इतना हल्ला मचाने वाली, बात-बात में तीर तलवार चलाने वाली अन्नपूर्णा नर्वस हुए जा रही है! हर वाक्य के बाद सबकी तरफ़ देखती है, तब कोई न कोई कहता है–"ये बोलो...वो बोलो..."

"स्पीकर पर डालो।" मैंने इशारे से कहा।

"अन्नू, अरे बोलो कि तुम्हारे माँ बाप भी तो कभी डाँटते होंगे, मारते भी..."

"मारना शब्द मत कहो, बोलो–सॉरी बेटा, तुम तो मेरे बच्चे की तरह हो..."

"ज़रा मन से बोलो, भाव डालकर..."

अन्नपूर्णा ने घबराकर देखा, जैसे कह रही हो–अब ये भाव डालना न हो पायेगा...

इतने सारे निर्देशों के बीच आख़िरकार अन्नू हकलाते हुए कुछ-कुछ कहने लगी...तभी नैना तेज़ी से आगे बढ़ी और माँ के नर्वस हाथ से फ़ोन झपटकर भागी।

"सॉरी यार, पापा बड़े बेकार हैं। आग का गोला हैं गोला, कब फट जायें, किसी को नहीं पता! उनकी बात भूल जा, बस, एक बार तू मुझसे मिल ले...बस, एक बार प्लीज़...प्लीज़..." उससे विनती करती नैना फ़ोन रखकर चिल्लायी– "वो मान गया। वो मान गया। मैं उससे मिलने जा रही हूँ।" नैना ने ऐलान किया।

रात की घड़ी में बारह का बजना घटित हुआ।

"इस वक़्त! दिमाग़ ख़राब हो गया!"

"नहीं, सुबह जाऊँगी।" नैना अब ख़ुश है और इधर-उधर घूम रही है। लगता ही नहीं कि शाम पाँच बजे से लेकर अब तक जितना टेंशन था, उसका कोई असर उस पर है! वह पहले लड़के के नाराज़ होने से दु:खी थी, अब मान जाने से ख़ुश।

अजब मनुष्य मन है, भीतर बचपन को छिपाये रहता है और ऊपर शरीर की आयु बढ़ा देता है!

मैंने उसे अपने कुछ पास आकर बैठने को कहा पर वह नहीं आयी।

"कहाँ मिलने को बुलाया है?" मैंने पूछा।

"लो, इनका दिमाग़ तो और ख़राब हो चुका! अब करवा दो लैला-मजनू की मुलाक़ात!" छोटी चुप कहाँ बैठ सकती थी! लेकिन छोटी की हर बात में श्यामा का मूक समर्थन छिपा रहता था। कई बार निहायत ग़लत बातों में भी। छोटी एक तरह का कन्धा थी, जिस पर श्यामा ने अपनी बन्दूक रखी थी। नतीजा कि छोटी बद्‌जबान कहलाती थी, श्यामा शीलवान!

श्यामा अपने बिस्तर से उठकर छोटी की पीठ से सटकर खड़ी हो गयी।

"रोकना पड़ेगा। ऐसे कैसे?" अन्नपूर्णा तड़पी।

"किस जगह?" मैंने नैना की तरफ़ देखा।

"जगह अभी नहीं बताया। मैसेज़ करेगा। लेकिन कोई मुझे रोकना मत। मैं जाऊँगी, जाऊँगी, जाऊँगी। कोई रोक नहीं सकेगा...इतनी मुश्किल से माना है..." नैना कुछ परेशान हुई।

"रोकना तो पड़ेगा!" अन्नू फिर तैश में आने लगी।

"लड़के से 'सॉरी' बोलना पड़ा। बोलता है मेरे मम्मी-पापा कभी नहीं मारते। हूँ...सपने में भी नहीं सोचा था एक अदने से लड़के से 'सॉरी' बोलना पड़ेगा..."

"सॉरी बोलना गुनाह नहीं है।" मैंने शान्त करने की कोशिश की।

"अन्नू दी, तुम कोई रास्ता निकलने नहीं देती। ऐसे ही रात भर लड़ती रहो। उधर वो सब..."

"क्या वो सब? और डराओ।"

"तैयारी किये बैठे होंगे। कहे दे रही हूँ अपनी लड़की को बाहर मत भेजना। ये तुम्हारा हैदराबाद नहीं है।" छोटी अपने तरीक़े से डर ज़ाहिर कर रही थी।

"माहौल को देखते हुए बिल्कुल ठीक नहीं, नैना को कहीं नहीं निकलना चाहिए। क्या पता वे लोग क्या सोच रहे हों? उठा ले जायें अपनी लड़की को या शादी करवा दें, तब रह जाओगी मुँह देखती..." श्यामा ने थोड़ा नाराज़ होकर कहा।

सबके सिर हिले।

"सलटाइए ज़ल्दी। नहीं तो आपसे में सलट जायेंगी।" तो सोये नहीं चिंटू भैया। आज की रात नींद किसे आयेगी...

नींद से भय का दुश्मन रिश्ता है। वह अन्दर है तो नींद बाहर। नींद अन्दर है तो भय की कोठरियाँ बन्द!

"तब क्या? मिलने-विलने की झंझट मत करो।"

"लड़का मान गया है तो अब ख़त्म करो बात।"

"तब से सुन रहे हैं, सहन किये जा रहे। अगर हम भड़क गये तो सोच लीजिए क्या होगा? सब काटे जायेंगे, सब..." अचानक छोटी के छोटे बेटे मुन्नन की ग़ुस्से-भरी आवाज़ गूँजी।

"हे, अब मामला सलट रहा तो इ सब न बोलो।" धीरज ने तत्काल सँभाला।

"ऐ दी, आप रोकिए न नैना को। ये जाना-वाना सही नहीं। सब लोग मुश्किल में पड़ सकते हैं। और ये जो खिचड़ी पका रही हैं आपलोग, सब कल सदानन्द जी एक झटके में पलट सकते हैं। जो सोचना है जल्दी करिए।" चिंटू भैया सीधा मुझसे मुखातिब हो गये।

मैंने सिर हिलाया।

"मामला हाथ से न निकल जाये। देख रही हैं सदानन्द जी किसी की बात नहीं सुन रहे, अपने बाप की भी नहीं।" धीरज ने चिंटू के स्वर में स्वर मिलाया।

"जाना ठीक नहीं।" मैंने सोचते हुए कहा।

सब कुछ एक क्षण के लिए रुक गया।

"आप भी मौसी!" नैना चिल्लायी।

"पहले इनको कमरे में बन्द करो अन्नू।" श्यामा ने अन्नपूर्णा को खींचकर चेताया।

"कर दो। मैं फाँसी लगा लूँगी...मर जाऊँगी..."

"किसका फ़ोन है अन्नू दी? यहाँ कुछ और बात हो रही और आप..."

"मेरे सास ससुर का, वे लोग सो नहीं पा रहे।"

"ओह, उन्हें तो हम लोग भूल ही गये। क्या कह रहे?"

"सावधान रहना।"

इधर नैना का रोना-चिल्लाना जारी था...

"तो?"

"क्यों न हम लड़के को यहीं बुला लें। नैना मिल भी लेगी, थोड़ा गिल्ट कम हो जायेगा उसका और हम लोग लड़के को फैमिली एटमॉसफीयर दे सकेंगे...मतलब ऐसी एक कोशिश मेरे दिमाग़ में आ रही..." मैंने सोचते हुए कहा।

"क्या ये ठीक रहेगा, तुम लोग बताओ।" मैंने तुरन्त जोड़ा। मुम्बई रहने के कारण इस शहर के बदले मिज़ाज को अब समझना कुछ कठिन भी था।

"कर दी न परदेसी वाली बात, अरे वो आयेगा तो अपने माँ-बाप को बताये बिना थोड़ी न आयेगा। वो लोग भी तो हमारी तरह डरेंगे कि नहीं?"

"हाँ, बात तो ठीक है पर कुछ कोशिश तो करनी पड़ेगी। हो सकता है सब ठीक हो जाये।" मैंने फिर से समझाने की मुद्रा बनायी।

"अब मानवता की सबसे बड़ी दार्शनिक बन जाइए।" छोटी का एक और व्यंग्य।

व्यंग्य और विचार-मन्थन एक साथ चलने लगे। नैना उसे यहाँ बुलाने को तैयार नहीं हो रही थी। उसे डर था कि फिर कोई उसे हर्ट कर सकता है। रात बिना सोये गुज़र गयी। सारा दिन यह मुद्दा गरमाया रहा। अन्ततः सबने कल यानी इस सुबह की अगली सुबह, लड़के को घर बुलाने की योजना को मंज़ूरी दे दी।

तड़पती, छटपटाती नैना की जान में जान आयी...

इस पूरे काण्ड में श्यामा ने एक बार भी अपनी 'रेकी विधि' की कोई चर्चा नहीं की, न ही प्रवचन की कोई कोशिश...!!!

लिखना बेकार लग रहा...डॉ सूजा ने जान साँसत में डाल दी है—नीली।

गुम हुआ सातवाँ दिन

यह दिन उदास ही उगा था। सूरज की रोशनी मेरे सिरहाने के दरवाज़े से गिरती हुई उदास रंग में थोड़ा मेरी चौकी और थोड़ा फ़र्श पर बिछी थी–धूमिल–बादलों से परास्त सी...ख़बरों का एक जलजला शहर से उमड़ता मेरी आँखों के आगे तक चला आता था...दृश्य पर दृश्य एक दूसरे में गुँथे से...गेट पर खड़े मोहल्ले के लड़के ज़ोर-ज़ोर बतियाते हुए जाने किस-किस को गरिया रहे थे...ऐसा मालूम होता था कि कहीं किन्हीं जवान लड़कों के बीच शहर में तेज़ भिड़न्त हुई हो...किसी का शव किसी की दालान में लाया जा रहा था...उत्तेजनाओं से लोग हॉफ रहे...छोटी का छोटा लड़का मुन्नन सुबह से ही गली में डोलते हुए गालियों के नए भाषा संस्करण के साथ लोगों की उत्तेजनात्मक बहसों में शामिल था, वह अभी मेरे सिर के पास खड़ा तरह-तरह की गालियों को तड़के की तरह बघार रहा...हाँ वही तो है...लोग उड़ते हुए लग रहे...पता नहीं क्या घट रहा...लोग बेचैन घूम रहे...मन होता किसी से पूछूं कि यहाँ अखबार नहीं आता? या शायद आता है पर औरतों के हिस्से में नहीं। धीरज, एक भारी सा दुरमुष उठाए उड़ते हुए जाते दिखे ...अखबार का बंडल खुल गया...उड़ता रहा...एक दिन उनके हाथ में अखबार देखा था। शायद मोहल्ले में से किसी के यहाँ से लाए हों...

मेरा मोबाइल कहाँ है...अखबार के बंडल के नीचे...मुझे उड़ते हुए अखबार को समेट कर खबर पढ़ना है...शहर का हाल...कुछ पता नहीं...पूरी की पूरी दुनिया गुम गई लगती...और ये घड़ी नामुराद कहाँ है...डॉ सूजा ने कहा था—रीलैक्स... रीलैक्स...अरे, ये किस तरह से माँ अपने कम्बल से मुँह निकाल कर बाएं हाथ की अंगुली मेरी तरफ करके पता नहीं क्या-क्या कह रही हैं...'नहीं मिलेगा किसी को एक पैसा...' पैसा... पैसा... घर बिका...पैसा...श्यामा होंठ पर अंगुली रख कर 'श श' कर रही... चुप... चुप... ये कौन चला आ रहा सलमे सितारे वाली साड़ी पहने... मेनू, अरे मेनू आओ, वहाँ क्यों खड़ी हो... मेनू कह रही मैं अपने प्रेमी के

साथ भाग जाऊंगी...आवाज़ नैना की लगती...हाँ उसी की, नहीं मेनू की... मेनू है... नैना की ...छोटी जैसी...पता नहीं...किचन की पास वाली कुर्सी पर कैसे तो कोई बैठ कर रो रहा... सदानन्द रो रहे, ऐसे मत रोइए सदानन्द जी... नहीं, धीरज बैठे हैं, नहीं चिंटू... पता नहीं... रोते जा रहे... ये कौन श्यामा की गरदन दबा रहा, श्यामा 'श श' करना बंद करो... चुप... नहीं, नहीं...पैसा... प्रेमी... श... श... गरदन...

मेरा शरीर जरा सा नहीं हिल रहा...

कुर्सी खिसकाओं इधर... माँ हाथ से इशारा कर रहीं...

शायद फिर अटैक था... ब्रेन सो गया– दुनिया की लिखावट मे गड़बड़...

–नीली

नौवाँ दिन-माता जी का बीमार होना

बाथरूम बैठक से जुड़ा हुआ था। इसी से नहाकर मैं निकली थी, हाथ में अपने धुले कपड़े लिये हुए। बाथरूम के ठीक सामने दो चौकी मिलाकर एक पलंग बनायी गयी थी, जिस पर तीन लोग सो सकते थे। यह अचानक का अस्थायी इन्तज़ाम था। वैसे इस जगह डाइनिंग टेबल रखी जा सकती थी। पर डाइनिंग टेबल की ज़रूरत नहीं थी या उसकी ज़रूरत को फ़िलहाल टाल दिया गया था, सो इस जगह पहले पिता जी की चौकी रखी रहती थी। किचन बिना दरवाज़े वाला था और ड्राइंगरूम के एक किनारे दिखता रहता था। उसी के सामने वाली जगह में माँ की चारपाई लगी रहती थी। किचन और बैठक की चहल-पहल में उनका मन लगा रहता था, ऐसा माना जाता था। हालाँकि एक बार पिता जी कह पड़े थे कि यहाँ खटिया लगा देने से नींद नहीं हो पाती, लगातार लोग आते-जाते रहते हैं, लगातार का एक शोर, न दिन में सोने देता है न रात में! कुछ कुर्सियाँ भी अस्थायी इन्तज़ाम के तहत इधर-उधर रखी थीं और जिस जगह कभी सोफ़ा था, वहाँ एक तरफ़ छोटी चौकी लगायी गयी थी, जो मुझे कुछ इस तरह दी गयी थी जैसे कोई उपकार किया गया हो। हालाँकि यह चौकी वही थी, जिस पर पिता जी अपनी अन्तिम यात्रा के पहले सोये थे। सोफ़ा ऊपर के एकमात्र कमरे में पहुँचा दिया गया था। एक पलंग वहाँ पहले से था। एक अटैच बाथरूम भी ऊपर था, ऊपर-नीचे मिलाकर सबका काम चल रहा था।

तो मैं उसी बाथरूम से निकली थी, जिसमें बेसिन के नल का पाइप नीचे से लीक करता रहता था और पॉट की तरफ़ फिसलन हो जाती थी। बहुत बच-बचकर उसमें नहाना धोना था। निकलते ही मैं जहाँ थी, वहीं रुक गयी। अस्पताल की स्पिरिट जैसी गन्ध सबसे पहले नथुनों में भरी, फिर झरने की ध्वनि कानों में गिरी, उसके बाद सामने माँ का गाउन जाँघों तक ऊपर तक उठाये छोटी दिखी, माँ के दोनों पैर फैले थे और नीचे प्लास्टिक की बाल्टी में इधर-उधर छितराती हुई जल की धारा गिर रही थी...

छितरा गयी वर्षा के छींटे कुछ माँ के पैरों जाँघों को भी भिगा जाते थे।

"ये क्या?" अगर मैं बाथरूम में थी तो कोई आवाज़ दे सकता था!

मैं इसी भाव में जड़ हुई थी कि छोटी की तेज़ नज़रों ने मुझे देख लिया।

"रुकियेगा, अभी मत खोलिएगा दरवाज़ा।" छोटी ने मुँह पीछे किये किये हिदायत दी।

"हाँ, आ," मैंने अपने हाथ में पकड़े कपड़ों को देखा।

"मम्मी का पैर काँप रहा था। खड़ी नहीं हो पा रही थीं, इसलिए..."

"पहले भी कभी हुआ है मने ऐसे पैर काँपना..." मैंने चिन्ता से अपने कपड़े वापस मुड़कर बाथरूम के नल पर टाँग दिये।

"कभी-कभी हो जाता है।" छोटी ने निर्विकार भाव से कहा।

"कब से?"

इस पर छोटी कुछ नहीं बोली। इस बीच श्यामा ने पीछे से माँ को ऊपर उठी गाउन समेत पकड़ लिया तब छोटी गरम पानी में भिगोकर तौलिया लाने भागी। क्योंकि मौसम ठण्डा था, तौलिया ठण्डे पानी में भिगोना ठीक नहीं था। इस काम में थोड़ा वक़्त लगा, इतने में माँ फिर काँपने लगीं और अपने बिस्तर पर बैठने के उपक्रम में गिर पड़ीं। श्यामा के हाथों का सहारा होने से वे गिरते हुए भी अपने बिस्तर पर ही गिरीं और चोट लगने की बड़ी संभावना से बच गयीं।

"अरे मम्मी बेहोश हो गयीं।" श्यामा चिल्लायी।

"धीरज कहाँ हैं?" मैंने तुरन्त अपना दिमाग़ दौड़ाया।

"उस निकम्मे का नाम सुबह-सुबह मत लीजिए। पान खाने चल दिये होंगे।" छोटी चिड़चिड़ायी।

"पान नहीं तम्बाकू", अन्नू ने करेक्ट किया।

"फ़ालतू शुरू हो गयी..."

"ज्ञान का टाइम नहीं है।"

"फ़ोन लगाओ, सदानन्द जी को कहो कि गाड़ी लेकर फ़ौरन आ जायें। हॉस्पिटल ले जाना होगा।" मैंने तत्क्षण यही सोचा। उसने फ़ोन लगाया, फिर छोटी ने फ़ोन लगाया। न धीरज ने फ़ोन उठाया, न सदानन्द जी ने।

"फ़ोन नहीं उठा रहे। उनके पापा बता रहे कि कल सदानन्द बहुत पी लिये थे, अब उठ नहीं पा रहे।"

"अरे, फिर कौन ले जायेगा?"

"हम ले जायेंगे। हार्ट अटैक भी हो सकता है।" मैंने जल्दी से कहा और छोटी के छोटे बेटे को बुलाया।

"बाबू, दौड़ के ऑटो लाओ। टाइम नहीं है हमारे पास।" उसे इतना कहकर मैं माँ की तरफ़ झुकी।

"आप नहीं छू सकती हैं।" अचानक अन्नू ज़ोर देकर बोली।

"इस वक़्त ये सब नहीं देखा जायेगा। जाओ चिंटू भैया को जगाओ।"

मनुष्यता से बड़ा न कोई सत्य है, न कोई मित्र।

कोई वास्तविकता–कोई परिस्थिति मनुष्य से बड़ी नहीं हो सकती।

न ही कोई संस्कार, न व्यवहार।

"वो भी तो पान खाने गये हैं। दोनों जनी फ़ोन नहीं उठा रहे।"

"हम लोग कैसे ले जायेंगे? आने दीजिए उन लोगों को। सदानन्द जी के चचेरे भाई जी को भी फ़ोन कर दिया है। उन्हें आधा घण्टा कम-से-कम लगेगा। दूर है उनका घर।"

"मैं ले जाऊँगी। उठाओ श्यामा।" श्यामा थोड़ा घबड़ायी। लेकिन उसने इस वक़्त बात नहीं टाली।

अपनी बुद्धि उसने कुछ तो बचायी है, वरना घरेलू छुद्र राजनीति औरतों की बुद्धि का कितना विनाश करती है और उन्हें बाहर के कामों के लिए कितना अयोग्य कर डालती है–!!!

ऑटो में पीछे की सीट पर माँ को किसी तरह बैठाया गया। तब तक वे होश में आकर हमें टुकुर-टुकुर ताकने लगी थीं। सामने कूदकर छोटी का छोटा बेटा अपने आप ही बैठ गया। श्यामा रोने-सा कुछ बुदबुदाने लगी।

"हे भगवान, सब ठीक करना।"

"शान्त रहो।" मैं ऐसा श्यामा को बिल्कुल नही कहना चाहती थी, बल्कि मैं चाहती थी कि वो बोले, पता नहीं कब से वो अपना रोना टाले हुए है। लेकिन यह वक़्त ठीक नहीं था। ऑटो की घरघराती आवाज़ के साथ रुदन की आवाज़ खल रही थी या शायद मैं जो कुछ सोच रही थी, उसमें विघ्न पैदाकर रही थी या शायद माँ की तरफ़ से ध्यान हटा रही थी, जो भी था, आख़िरकार मैंने उसे चुप रहने के लिए कह दिया। उसका मुँह थोड़ा-सा बना। हम घर पर होते तो शायद वो कोई चुभता हुआ सा वाक्य सोचकर मुझे कोंचती, पर यहाँ उसने कुछ नहीं कहा।

"हमको कहाँ ले जा रही?" माँ बिना ताक़त की आवाज़ में पूछ रही थीं।

"सब ठीक है। बच गयीं आप।" मैंने प्यार से उनका माथा सहलाया। शायद इस प्यार की उन्हें लम्बे अरसे से दरकार थी, वे आँख बन्दकर के उसे महसूस करने लगीं।

"मेरा पैर गन्दा हो गया है।" कुछ देर बाद उन्हें याद आया।

"छोटी पोंछ दी थीं? साफ़ है।" मैंने भरोसा दिलाया।

"मेरा तौलिया कहाँ है?"

"है। आप निश्चिन्त रहिए।"

इस पर वे फिर अपना शरीर ढीला छोड़कर, आँखें बन्द किये मेरे कन्धे पर टिक गयीं। इस बीच श्यामा को अपनी 'प्राचीन रेकी विधि' के गुणों का ख़याल आया। उसने मेरा हाथ माँ के सिर से हटा दिया और कुछ बुदबुदाते हुए अपना हाथ फेरने लगी। मैंने माँ की हथेली सहलानी शुरू कर दी तो उसने हथेली भी मुझसे ले लिया। मानो कोई प्रतिस्पर्धा यहाँ भी थी कि वह माँ को पूरी तरह मुझसे छुड़ा लेना चाहती थी।

"देखा, देखा, रेकी असर कर रही है!" उसने ख़ुशी से लरज़कर कहा।

कह नहीं सकती कि यह 'रेकी' का असर था या माँ के भीतर जीवन प्राकृतिक तौर पर लौट रहा था!

अस्पताल नज़दीक था। मुश्किल से दस-बारह मिनट में हम पहुँच गये। इमरजेंसी में मैंने तत्काल कार्रवाई के लिए अनुरोध किया तो एक नर्स दौड़ती हुई आयी। व्हीलचेयर वाला लड़का भी जल्दी मिल गया। माँ को, श्यामा और नर्स की सहायता से मैंने व्हीलचेयर पर बैठाया। आनन-फानन में माँ को एडमिट कर लिया गया। ऑक्सीजन तुरन्त लगा दिया गया। थोड़ी राहत हुई हमें। अब शुरू हुआ दवा, पेमेंट आदि का सिलसिला। ज़ाहिर था कि उसके लिए मुझे ही भागना था। छोटी के बेटे को दवाइयों के पैकेट के साथ वापस भेज कर मैं फ़ॉर्म भरने, फ़ीस आदि के पेमेंट में लग गयी। जब मैं लौटी तो धीरज और चिंटू भैया आ चुके थे। वे दोनों ऑब्जरवेशन रूम के बाहर ही हल्का-हल्का टहल रहे थे। दोनों में से किसी ने मुझसे कुछ नहीं कहा। मैंने ही धीरज को एक काग़ज़ और कुछ रुपये पकड़ाये और अस्पताल के मेडिकल शॉप के आगे लाइन में लगने को कहा। वे चिंटू के साथ तत्काल चले गये।

एक नर्स माँ वाले कमरे से निकलकर बाहर आयी तो मैंने पूछा–"अन्दर चली जाऊँ।"

"जल्दी से जाकर आ जाइए। एक ही आदमी अभी अलाउड है और वहाँ पहले से एक औरत हैं।" उसने आवाज़ दबाकर कहा।

मैं समझ गयी, वहाँ श्यामा मौजूद होगी। फिर मैंने आसपास देखा, अभी कोई आसपास नहीं दिख रहा था। फिर जल्दी से मैं अन्दर घुस गयी।

माँ को आईसीयू की ज़रूरत नहीं पड़ी थी। उन्हें शाम तक के लिए ऑब्जरवेशन रूम में रखा गया था। हार्ट अटैक नहीं था। डॉक्टर ने बताया कि ब्लड प्रेशर बहुत बढ़ जाने से ब्रेन हैमरेज का हल्का-सा अटैक था, हम समय पर ले आये, नहीं तो जान भी जा सकती थी।

अन्दर श्यामा माँ के माथे पर हाथ फेरती अपनी 'रेकी विधि' में डूबी थी। एक आया माँ को पैन लगाकर पेशाब करा रही थी। मेरे पीछे से एक नर्स आयी और श्यामा को कुछ बताने लगी। 'रेकी विधि' में अड़चन से श्यामा को अच्छा नहीं लगा पर वह मुड़कर उसकी बात सुनने लगी। माँ ने मुझसे इशारे से कहा–"मेरा पैर गन्दा है।" अब मैंने समझा कि आया पैन लेकर चली गयी थी, माँ का गाउन भी उसने ठीक से नीचे तक नहीं खींचा था। और हो सकता है कि पेशाब का सुबह का अहसास अभी तक उन्हें गन्दा लग रहा हो। आया ने रुई का बंडल वहीं छोड़ दिया था। उसने जाँघों को पोंछ देने की ज़रूरत ही नहीं समझी थी। मैंने रूई के बण्डल से रूई निकाली और माँ के पैरों, जाँघों को साफ़ कर दिया।

"तुम मत करो, उसे बुलाओ।" माँ कुछ संकोच कर रही थीं और आया को बुलाने का इसरार।

"अरे बाप रे! आप ये भी कर रही हैं? आज घंट में पानी डालने नहीं गयीं? पिता की आत्मा को शान्ति..." श्यामा उसी समय मुड़ गयी।

"बस श्यामा, जो जीवित हैं, उनका स्वास्थ्य पहले है। मेरे इस कर्म से मेरे पिता की आत्मा प्रसन्न होगी, क्योंकि उन्होंने ही मुझे यह सिखाया था। शान्ति मिलेगी उन्हें कि हमने अपने कर्तव्य को समझा है। कुछ देर में वह काम भी कर आऊँगी। तुमसे नर्स ने क्या कहा?"

अचानक मेरे इस प्रश्न से श्यामा चौंक गयी।

"मुझे ठीक से समझ नहीं आया। आप बात कर लीजिए। कोई इंजेक्शन का नाम और पता नहीं क्या...शायद एमआरआई भी...अकड़ू तरीक़े से बोल रही थी... एक तो अचानक आकर मेरी रेकी में बाधा डाल दी..."

"अच्छा, मैं पूछती हूँ। एमआरआई कहाँ से होगी? तुरन्त पूछ लेना था..."

मेरी इस बात पर कुछ बोलने के बजाय उसने कहा–"मेरी रेकी से सब ठीक हो जायेगा। देखिए, बोलने लगीं न..."

समय और परिस्थिति मनुष्य जीवन का सबसे बड़ा सच है। मनुष्य के निर्णय उन्हीं के अनुसार होने चाहिए, पहले से तय नियमों के अनुसार नहीं।

मैं नर्स से बात करने और एमआरआई के लिए पता करने ऑब्जरवेशन रूम से बाहर आ गयी।

ठीक सामने अन्नपूर्णा, मुँह पर मास्क लगाये, एक हाथ से नैना का हाथ पकड़े और दूसरे हाथ में बहुत-सा थैला उठाये चली आ रही थी, उसके थोड़ा सा आगे जो आदमी अनमना-सा चल रहा था, वो सदानन्द जी थे...

दसवाँ दिन–जल में कुम्भ कुम्भ में जल है...

रेलिंग पर झुककर मैंने पत्ते के दोने से चावल के आटे का सफ़ेद लड्डू निकाला, जो अब कई रंगों, सुगन्धों से सुसज्जित होकर पिण्ड बन चुका था, फिर प्रार्थना के शब्द बुदबुदाये–'हे सर्वशक्तिमान प्रभु! मेरे पिता को हमारे पितरों के बीच स्थान दो।' धीरे से लड्डू गोमती के जल को अर्पित कर दिया–'डुप्प...' लड्डू गहरे में जाकर बैठ गया...

फिर दूसरा, फिर तीसरा...हर बार प्रार्थना का स्वर अस्फुट-सा तैरता...

हे प्रभु! मेरे पिता को...

गोमती का जल धीरे-धीरे भंवर लेता और कुआनो नदी के जल की स्मृतियों का भँवर मुझे डुबोने लगता...

कुआनो, हमारे गाँव ज्वार की नदी! हम उसका जल, वह हमारे भीतर की तरंग...

वह हमसे अलग नहीं, हम उससे अलग होने की कोशिश में जूझते रहे...

लेकिन जल में कुम्भ कुम्भ में जल की तरह वह हमसे अलग न हो सकी...

हम पहले जल के किनारे-किनारे खेलते, अमहट के प्रांगड़ में, आम के पेड़ों के आसपास, फिर जाने कब जल के पास चले जाते, तभी पिता की चिन्तातुर आवाज़ आती–"उधर दलदल है..." हम सावधान होते–कुआनो के जल से लेकर अपने भीतर के जल तक–कितने तो दलदल थे, उसे हम ठीक से जानते-पहचानते नहीं थे!

कितनी देर में हमें क़ुआनो का दलदल समझ आया
उससे भी देर में हमें अपने भीतर का दलदल समझ आया...
और दूसरों के भीतर का दलदल...???

कुआनो के दलदल को लेकर जाने कितनी कहानियाँ जनश्रुतियों में चलती रहती थीं–कितनी दुर्घटनाएँ उसके साथ जुड़ी थीं...कितने बच्चों के डूबने की गवाही उसकी लहरों पर तिरती थी...कितनी ताजी, कितनी पुरानी फूली हुई, उतरा आयी लाशों की गवाही भी...

जल के भीतर से मेरे घर से दूसरे किनारे पर पड़ने वाली गली उभरी, उस रात जब हम सब गहरी सपनीली नींद में खोये थे...अचानक के तेज़ शोर से चौंककर जगे–सामने की सड़क से होते हुए बग़ल की गली में किसी के सरपट दौड़ने की आवाज़ आयी–कुछ चिल्लाहटें...फिर उसके पीछे कुछ और लोगों के दौड़ने की आवाज़ें...कुछ और शोर...डर से श्यामा मेरे गले से चिपक गयी। तब मैं और श्यामा एक ही चौकी पर सोते थे। माँ अचानक आकर हमारे पास खड़ी हो गयीं। पिता जी अपने बिस्तर से उठ आये। कुछ देर में सन्नाटा छा गया। माँ ने नज़रों से ही अपने सारे बच्चों को देखा था, फिर बहुत फुसफुसाती-सी आवाज़ में बोलीं–"लगता है कोट इंस्पेक्टर की बीबी को फिर से दौरा पड़ा है!" पिता जी कुछ नहीं बोले। कुछ देर खड़े रहे, फिर वापस अपने बिस्तर पर चले गये। लेकिन दोनों जग रहे थे। जैसे कि मैं और श्यामा। गहरे सन्नाटे में कभी-कभी माँ का स्वर उभरता–"सुनिए, कुछ अघटित तो नहीं घटा?"

"हे प्रभु!" पिता जी का स्वर बहुत देर बाद पकड़ में आया।

"लगता है बहुत पीटा होगा तभी भागी, नहीं तो इतनी रात को भागती?"

माँ का फुसफुसाता हुआ स्वर उभरा।

"किसी बात पर कलह होगी तभी तो भागी...वही दौड़ती लग रही थी..."

"कोई और भी तो हो सकता है..."

देर बाद पिता जी की आवाज़ आयी।

"नहीं, जनानी आवाज़ थी..."

"क्या कहें!" पिता जी ने दीर्घ नि:श्वास लिया।

"मुड़कटवा गैंग भी तो उत्पात मचाये हैं। ससुर चोरी करता है तो मूँड़ी काट लेता है, ब्रूटल मर्डर...दरवाज़ा खोलना ठीक नहीं..."

चिन्ता का कारण था। भय का कारण था। आन्तक का कारण था।

डर से हम दोनों बहनें देर तक साँस रोके रहे। लगता था जैसे सन्नाटे में हमारा साँस लेना भी माँ-पिता जी जान लेंगे।

बिना सपने के हमने मुड़कटवा गैंग को देख लिया, उसका डरावना चित्र हमारी कल्पना में उतर गया...फिर कोट इंस्पेक्टर की बीवी आयी, जो अक्सर कत्थई रंग की साड़ी पहने रहती थी...उसके बाल लम्बे-घने-काले थे, जो चोटी में ठीक से नहीं गुँथ पाते थे...एक आँख में नीचे की तरफ़ ख़ून की लाल परत जमी थी...

उस सुबह हल्ला मचा कि कुआनो के जल में उतरा आयी, फूली हुई एक औरत की लाश मिली है। हम सन्न रह गये।

"कोट इंस्पेक्टर की बीबी कल रात कुआनो में डूब के मर गयी।"

"कैसे? हल्ला तो उठा था रात में?"

"कूदकर।"

हम कोट इंस्पेक्टर के घर के आगे जुटी भीड़ से इतना भर जानना चाहते थे कि क्या उनकी बीवी ने कत्थई रंग वाली साड़ी पहनी थी और क्या उन्होंने उस दिन चोटी ठीक से गूँथी थी?

हमारे लिए यह सिर्फ़ ख़बर नहीं थी!

बहुत कुछ था जो हमारे भीतर के जल में हलचल कर गया था!

तब से अब तक हज़ार बार मेरे सपनों में कुआनो का जल हिलोरें लेता था और उसके किनारे उतरा आयी फूले हुए नथुनों वाली, चिपके हुए घने-लम्बे-काले बालों वाली, कत्थई रंग की साड़ी में लिपटी एक देह भी हिलती थी...

'डुप्प...'

मैंने अगला लड्डू रूपी पिण्ड जल में अर्पित किया–

"हे प्रभु! मेरे पिता को उनके पितरों में मिला दो..."

जल के भँवरों के बीच पण्डित जी का चेहरा उभरा, जिन्होंने मेरे हाथ से चावल का आटा लगभग झपट लिया था। ख़ुद ही आटा सानकर बड़े-बड़े लड्डू बना डाले थे। उन्हें मेरी क्षमता पर ज़रा भी भरोसा नहीं लगता था। मैंने अपना हाथ खींच लिया और उन्हें लड्डू बनाने दिया। उन्होंने बिना किसी हील हुज्जत के मुझे बैठने का आसन दे दिया था और कोई सवाल किये बिना अपना काम करने लगे थे। मेरे नहाने की समस्या पर ज़रा भी विचलित नहीं हुए तो मेरे मन में उनके लिए 'पण्डित अच्छा है' जैसा-सा भाव उभरा।

आज दसवीं के दिन शुद्धीकरण होना था, पिण्ड तर्पण भी। मुझे कोई बताता नहीं था कि क्या करना चाहिए, एक तरह से मैं परिवार से त्याग दी गयी महिला थी, अपने से ही सोचकर मैंने तौलिया और एक जोड़ी कपड़ा रख लिया था कि क्या पता कब कोई क्या कह दे! श्मशान घाट में तो मेरे पास कपड़े नहीं थे, पर यहाँ मैं नहीं चूकना चाहती थी। यहाँ महिलाओं के नहाने की कोई जगह नहीं थी। मर्द या छोटे लड़के कहीं भी नहा लेते थे–खुले में वे बाल्टी-मग लेकर बैठ जाते, पास के पेड़ पर उनके कपड़े टाँग दिये जाते, वे खड़े-खड़े नहाते और पेड़ से उठाकर कपड़े पहन लेते। लड़कियों के लिए यह मुश्किल था। कोई ऐसी आड़ वाली जगह भी नहीं थी, जहाँ जाकर कपड़े बदले जा सकें। ऐसा लगता था कि कभी किसी ने इस बात पर ध्यान नहीं दिया था या ऐसी कोई ज़रूरत ही नहीं पड़ी थी। मेरे लिए कोई प्रयत्न क़रने वाला नहीं था, मुझे पता था। मैंने पण्डित जी से सवाल किया कि आख़िर कैसे नहायें? पण्डित जी सिर नहीं उठाये। पेड़ के नीचे चबूतरे पर दोना आदि रख रहे थे।

छोटी ने व्यंग्य वाले अपने लहजे में मुझे देखा, जिसका कुछ-कुछ अर्थ पकड़ में आया कि 'देखें अब क्या करती हैं?' या 'देखें, कैसे नहाती हैं? बहुत मॉडर्न बनने चली हैं!'

"अब से इसे बैठा दीजिए।" उसने अपने छोटे बेटे का हाथ पकड़कर आगे किया।

मैंने ध्यान उधर से हटा लिया।

"पण्डित जी, उपाय बताइए। जब नहाने की कहीं व्यवस्था नहीं तो पूजा में कैसे बैठूँ? मैं घर से नहाकर आयी हूँ, चलेगा?" मैंने इस बार झुँझलाकर पण्डित जी से पूछा।

वे फिर भी विचलित नहीं हुए। उसी तरह सिर नीचा कर के बोले–"हाथ-पैर नल पर धो लीजिए। बैठ जाइए।"

"यहाँ कोई व्यवस्था तो होनी चाहिए। महिलाएँ कैसे यहाँ नहाएँगी?"

मैंने यह बेकार सवाल किया, फिर पण्डित जी को मौन देखकर नल की तरफ़ दौड़ी। हाथ-मुँह-पैर धोकर आयी तो पण्डित जी ने एक कुशासन आगे कर दिया। मैं कुशासन पर बैठ गयी।

"उधर देखिए।" अब पण्डित जी ने सिर उठाया, जब उनके सारे चावल के आटे वाले लड्डू बन गये, तब।

उधर तीन तरफ़ से घिरी आदमक़द दीवार बनी थी, एक तरफ़ ख़ाली था। लेकिन वह तो बड़े गन्दे में था। दुनिया भर की गन्दगी, कूड़ा, लैट्रिन वग़ैरह से लेकर तमाम झाड़-झंखाड़ से जाने लायक़ रास्ता तक नहीं था।

"उधर एक घेरा है, कभी एक ऐसा केस आया था, एक महिला अपने पति के देहान्त के बाद उनका दाह-संस्कार कर रही थीं, कोई दस एक साल पहले की बात है। तब उन्हें भी ऐसी ही परेशानी हुई थी। बहुत सम्पन्न परिवार से थीं। बाल-बच्चे नहीं थे। उन्हीं के परिवार से किसी ने प्रशासन पर दबाव डलवाकर महिलाओं के लिए चेंजिंग रूम बनवाया था, अब इसका हाल देखिए, कह लीजिए कि इसका उपयोग कभी किया ही नहीं गया, मैं तो तभी से यहीं हूँ–घास-पतवार, कुत्ते-बिल्ली, बानरों के हगने मूतने को छोड़िए, मनुष्यों को भी वहीं नरक करना है, झाड़-झंखाड़ अलग फैल गया है..."

"मॉडर्न रही होंगी!" छोटी ने कुछ खींझकर कहा।

"मॉडर्न नहीं बहन जी, यह तो सम्पत्ति का मामला है। उन्होंने किसी चचेरे को करने नहीं दिया। ख़ुद किया। ऐसा मेरे गाँव में भी एक बार कराया गया था–सम्पत्ति के कारण ही। विशेष परिस्थितियों में होता है।" पण्डित जी कितने अविचल जीव हैं!

सम्पत्ति! पहली बार यह रहस्य मेरे आगे ऐसे खुल गया, जैसे चोरी से ले जायी जा रही चावल की बोरी में छेद हो जाये और सरसराकर चावल गिरने लगे।

तो ये बात थी! अब मुझे छोटी समझ में आयी!

मैंने उसे पहली बार अपरिचित निगाह से देखा।

तो माँ सही कहती हैं–'मुझे आदमी की पहचान नहीं।'

कितने आश्चर्य की बात थी कि मैं अब तक, यानी दसवें दिन की इस सुबह और बादलों का आभास देते कोहरे की चादर में घुलती दोपहरी तक भी बिल्कुल नहीं जान सकी थी कि पिता का दाह-संस्कार करना सम्पत्ति के अधिकार से जुड़ा मामला था!

ऐसा था तो जब मैंने सभी बहनों का हाथ पकड़कर चलने को कहा था तो वे लोग क्यों नहीं आगे आयीं? शायद यह अधिकार पुत्र को सौंपने का मामला ज़्यादा था।

"थोड़ा-सा मेरा बाल काट दो।"

मैंने नाऊ से कहा।

"मुड़वाइए, अब क्यों डर रही हैं?"

पर नाऊ ने कोई कुतर्क किये बिना चुपचाप ज़रा-सा बाल काट दिया।

सामने से कुछ लोग चले आ रहे थे। वे जल्दी में नहीं थे पर उनकी आँखों में उत्सुकता भरपूर थी। वे हमारे चचेरे भाई लोग थे, जो कानपुर से चले आ रहे थे। इस ठण्ड में सुबह-सुबह निकले होंगे। इनका आना तय नहीं था, उम्मीद भी नहीं थी।

"कैसे कर रही हैं बच्ची आप? हम लोग सोचे, देख आते हैं।"

यही असली बात थी। एक महिला को शुद्धिकरण और पिण्ड दान करते देखने का यह अवसर हाथ आया था, भाई लोग इसे चूकना नहीं चाहते होंगे। इससे बड़ा मनोरंजन शायद इस वक़्त कोई मिल भी न सके! वे अपने लिये आये थे–अपने मनोरंजन के लिए। कोई दुःख उस देख आने की उत्सुकता के आसपास भी फटक नहीं सकता था! उनके चेहरे पर दुःख की धूमिल परछाईं नहीं उत्सुकता का चटक रंग छलक रहा था!

धीरज आगे बढ़कर उनके साथ-साथ सामान में कोई कमी तो नहीं, यह देखने लगे।

"कैसे नहायी? यहाँ तो कहीं जगह नहीं!"

"अरे नीली, नहायी लीं?"

"कपड़ा लाई हो?"

"यही पहनी रहोगी क्या?"

"रुपया पैसा यथा सम्भव पण्डित जी को चढ़ा देना।"

"लड़का होता तो क्या न करता!"

आपस की जिज्ञासा। उत्तर नदारद!

कौन बोले? मैं तो पूजा आसन पर बैठ चुकी थी।

"आपका ये कपड़ा स्वेटर सब दान में जायेगा।"

छोटी ने चेताया था। वो मेरे हर दिन के कपड़े को दान में देने की बात करती ही थी। जो कुछ मैंने छुआ, सब...पहले दिन मैंने चौकी पर चादर बिछाकर सोने में कष्ट अनुभव किया और रात की बढ़ती ठण्ड के लिए कम्बल माँगा, तब भी यही बात थी।

"आपको कम्बल नहीं मिलेगा। दान में देना पड़ जायेगा।"

"सोयेंगे कैसे? ठण्ड मार देगी।"

"ये आपकी प्रोब्लम है। रुकने की क्या ज़रूरत थी? अब झेलिए।"

पता नहीं क्या सोचकर उसने एक पतली पर गर्म चादर दे दी। हालाँकि चादर से ठण्ड दूर नहीं हुई पर थोड़ा सहारा मिल गया।

यहाँ मेरे साथ सिर्फ़ छोटी आयी थी–धीरज और अपने छोटे बेटे के साथ। ज़ाहिर था, इसलिए नहीं आयी कि मेरा साथ दे सके। इसलिए आयी कि एक सतर्क निगाह मुझ पर रख सके और अपने छोटे बेटे को इसलिए लायी थी कि मौक़ा मिलते ही उसे कहीं न कहीं मेरी जगह बैठा दे।

श्यामा और अन्नपूर्णा श्मशान घाट तक भी नहीं गयी थीं, वे अपने ससुराल की चेरी थीं–अनुचर! वो किसी भी जगह पर नहीं जाती थीं, जहाँ लड़कियों का जाना निषिद्ध था, क्या सच!

उनकी यादों में पिता की सब यादें कम्प्यूटर के किसी 'आल्ट कंट्रोल डिलीट' का बटन दबने से डिलीट हो गयी थीं। अब जो था, वह बिखरा हुआ वर्तमान था, जिसमें वे हद से ज़्यादा स्त्री बन जाने को प्रतिबद्ध हो उठी थीं–!!!

इन दस दिनों में मैंने एक बार भी अपनी बहनों में से किसी को पिता को याद करते नहीं देखा, बस उस दिन, उस आठवें दिन, जब अन्नपूर्णा नैना से बेज़ार बिलख उठी थी तो उसकी स्मृति के किसी दबे कोने से निकलकर एकाध बार पिता टकराये थे।

पिता के इस तरह अचानक टकराने को क्या किसी ने नोटिस किया था!

लगता था जैसे हम अपने बचपन को किसी ताक़तवर इरेजर से मिटा चुके थे–पैदा होने के बाद हम सीधे यहीं गिरे थे, इस वर्तमान में!

बीच में कुछ था ही नहीं!

इसलिए कई बार हम एक-दूसरे से अपरिचित जैसा या कई बार शत्रु जैसा व्यवहार करने में हिचकते नहीं थे–!!!

क्या मैं भी इसमें शामिल थी? शायद हाँ, शायद नहीं!

मैं इसमें शामिल नहीं होना चाहती थी, इतना जानती थी, इतने के लिए सारा अपमान झेल रही थी या शायद इतने के लिए आत्मसंघर्ष किये जा रही थी !

शायद हाँ...

मैंने अगला पिण्ड जल में अर्पित किया–'डुप्प...'

हे प्रभु! मेरे पिता को...

गोमती का जल हिला और कुआनो के जल में बदलने लगा...वही कुआनो, जो शान्ति से अपनी ही चाल में चलती–धीर गम्भीर और कुछ सुस्त। वही कुआनो कभी-कभी अपने प्रकोप से बेहाल कर डालती। बाढ़ की भयंकर आपदा टूटती और खेत-ख़लिहान डूब जाते–गाय-गोरू बचाने की जद्दोज़हद होती...बाल-बच्चा बचाने की भी... उसी कुआनो नदी का पुराना पुल धीरे-धीरे उभरा–जनश्रुति थी कि उसके नीचे कितने ही बच्चों का मुण्ड दबा है–इस बात में कितनी सच्चाई थी और कितनी गप्प, कोई नहीं जानता–जनश्रुति कल्पना और यथार्थ के घालमेल में अपना रूपाकार पाती–बहुत सम्भव था कि बच्चों को डराने के लिए कभी किसी ने ऐसी कहानी उड़ायी हो...कहानी में एक धरकोसवा था, बल्कि धरकोसवा का पूरा गैंग था, जिसका काम बच्चों को चुरा-चुराकर पुल के नीचे दबाना था, पूरा शरीर नहीं सिर्फ़ मुण्ड, इससे पुल मज़बूत हो जाता था, जितने ज़्यादा मुण्ड, उतना मज़बूत पुल... पुराना पुल जर्जर हो रहा था, उस पर चेतावनी लिखी थी–भारी वाहन का गुज़रना मना है। कभी-कभी जब ट्रक और बस आमने-सामने हो जाते तो एक को रुककर दूसरे के गुज़र जाने का इन्तज़ार करना पड़ता।

हम बच्चे खेलते-खेलते कुआनो नदी के किनारे तक चले जाते–अमहट। आम की अमराइयाँ कभी रही होंगी, जिसने इसका नाम अमहट कर दिया होगा। अब भी आम के बहुत पेड़ थे। कहीं-कहीं घने भी। उनमें देसी, छोटे-छोटे आम लगते। बीजू आम हैं, कोई बताता। कभी-कभी 'टप्प' से हमारे सामने कोई आम चूता। हमसे पहले कुछ बन्दर वहाँ पहुँचते, आम पर किसका पहला अधिकार है, इसकी होड़ मचती। जिसने पहले देखा, उसका अधिकार मान लिया जाता। कभी-कभी पहले देखे हुए अधिकारी को भी चुआ हुआ आम नहीं मिलता। बन्दर उठा ले जाते या उठाने के लिए धमकाते-से बैठ जाते।

वहीं, अमहट पर एक छोटा-सा मन्दिर था। मन्दिर के किनारे-किनारे कुमुदिनी के कुछ पौधे बेतरतीबी में उगे थे। हमें कहावतों से पता था कि सूर्य की किरणों से कमल खिलता है और चाँद की किरणों से कुमुदिनी। खेलते हुए अँधेरा घिरने लगता तो मन में एक लालसा उपजने लगती–कुमुदिनी को खिलते देखने की लालसा। हम उसके इन्तज़ार में रुक जाते और अँधेरा बढ़ने लगता। पानी हवा से स्वर मिलाकर साँय-साँय बोलने लगता...इसी के बीच पिता का हमें पुकारता स्वर नज़दीक आने लगता। कुमुदिनी नहीं खिलती। हमारा इन्तज़ार बढ़ता जाता। पिता का स्वर नज़दीक आता जाता। हम घर की राह पर चल पड़ते। रात का जाने कौन सा पहर होता,

जब कुमुदिनी खिल जाती। जब अगले रोज़ हम फिर आते, कुमुदिनी सिर झुकाये मिलती–फिर से खिलने का इन्तज़ार करती...

"कोई धरकोसवा पकड़ ले जायेगा।"

पिता जी यह कहना नहीं चाहते। रात से डराना नहीं चाहते। अपने आप यह स्वर ध्वनित हो जाता–अपने आप रात डरावनी हो उठती...

रात, हमारे समय का सबसे भयावह सच थी!

तमाम कत्ल, तमाम गुनाह इसके भीतर पनाह पाते थे–विचित्र-विचित्र चित्र बनते और विरूपताओं के पहाड़ पर चमकते...

पिता जी उन अपराधों की छाया से हमें बचाना चाहते थे–रात की छाया से नहीं बचा सकते थे! रात को अपराधी नहीं बनाना चाहते थे, रात में हमारे कुमुदिनी के खिलने को देख लेने की कामना को बचा लेना चाहते थे, पर रात में वे हमें रुकने या खेलने नहीं दे सकते थे!

वे अपनी इच्छा के विपरीत जाने कितना कुछ करते चले जा रहे थे–!

वे आँगन में बिस्तर पर लेटकर निहारते तारों को सुन्दर बताते हुए रात के सौन्दर्य पर मुग्ध होते-होते चौंक जाते थे!

अँधेरा हमारा शत्रु था।

अँधेरा कुमुदिनी के खिलने को हमें देखने नहीं देता था!

धरकोसवा का आतंक बढ़ता चला गया था। हम बहनों और मोहल्ले के बच्चों का कुआनो नदी तक आना बन्द हो गया। कुमुदिनी को खिलते देखना स्थगित होता चला गया...

'टालना' एक सुन्दर पद नहीं था। कई चीज़ें इतनी अधिक टाल दी जातीं कि वे जीवन में हमेशा के लिए अनुपस्थित हो जातीं...

पता चलता कि दूर किसी जगह से धरकोसवा किसी बच्चे को उठा ले गया है...बच्चों का पकड़ना बढ़ने लगा...भय का आयतन बढ़ने लगा...हमारे मोहल्ले के बच्चों पर निगरानी बढ़ने लगी...हमारा तड़पना भी बढ़ता चला गया...

भय और तड़प के बीच हमारा यह विश्वास भी बढ़ता गया कि अगर हम यानी कि हम तीन-चार बच्चे अमहट पर कुआनो के पुराने पुल के नीचे तक चले जाते और वहाँ हम कोई न कोई मिट्टी खोदने लायक़ चीज़ ढूँढ़ लेते तो हम मिट्टी में दबे मुण्डों को पहचान लेते या हम नदी के जल में झाँकने का मौक़ा पा जाते तो नदी हमें उन बच्चों का पता बता देती और हम पुल के नीचे दबे मुण्डों का पता पा जाते।

हमारे सपनों में यह पहचान जितनी स्पष्ट होती जाती, असलियत में कुआनो से हमारी दूरी उतनी बढ़ती जाती...कुमुदिनी को खिलते देखना स्थगित होता जाता...किसी भी स्थगन की एक सीमा होती है–

टालने की भी और इन्तज़ार की भी।

उसके बाद न टालने का कोई अर्थ रह जाता है, न इन्तज़ार का।

इसी अपने भय और तड़प के बीच मैंने पिता जी को जाने कितनी दरख़ास्त लिखते पाया। पता नहीं किस गहरी सुरंग में वे दरख़ास्त चली जातीं, भय ज्यों का त्यों बना रहता! धरकोसवा निचाट दोपहरी में आता रहता–न जाने कितने लोग धरकोसवा के धोखे में पीटे जाते या जान से हाथ धो बैठते–धरकोसवा का आतंक नहीं रुकता...

फिर एक सर्द दोपहरी में मैंने, तमाम रिक्शेवालों, मज़दूरों के साथ पिता जी को जाते देखा–बिना दरख़ास्त के, बिना ऊनी चादर के...बड़ी तेज़-तेज़ लम्बे डग भरते--

ज़िलाधिकारी कार्यालय के सामने बड़ा विरोध प्रदर्शन था।

"धरकोसवा का विरोध ज़रूरी है। वरना एक दिन वो बच्चों ही नहीं, बड़ों को भी पकड़ लेगा। हमारे मुण्डों को पुल के नीचे कोई पहचान न पायेगा।"

पिता जी ने धरने से लौटकर कहा था।

पिता जी को विश्वास था कि धरकोसवा एक दिन पकड़ा जायेगा।

उस दिन भय की दीवार में से एक ईंट खिसक गयी थी।

विरोध प्रदर्शन बढ़ने लगे...

और माधोपुरा अपनी ही अलग चाल में धरकोसवा के आतंक से निकलकर मुड़कटवा के नये आतंक में प्रवेश कर रहा था...

मुड़कटवा जिस घर में घुसता, दो चार लाशें गिराकर ही निकलता...पीढ़ी-दर-पीढ़ी आतंक के रक्तबीज!

इसी आतंक, भय और तड़प के बीच हम बने थे या बढ़े थे...

एक और पिण्ड मेरी हथेली से जल में समाधिस्त हुआ...'डुप्प...'

लिखने के सब जतन किए...विस्मृति के भीतर चलना था...

–नीली

ग्यारहवाँ दिन

"धीरज! ऐ धीरज! लगे सुस्ताने! जाओ, जाकर फलनवाँ के यहाँ से दुरमुस उठा लाओ। दुरमुस से जल्दी समतल हो जायेगा।"

छोटी की इसी चीख़ से मेरी नींद टूटी थी। सुबह की नींद, रात भर की ठण्ड में कुड़कुड़ाने के बाद सूरज की गरमाहट से मिली नींद! इतनी सुबह क्या हो गया? मुश्किल से सात बजे हैं। अभी-अभी घड़घड़ाती हुई एक ट्राली ने बबूल वाली गली में छोटी के घर के सामने के ऊबड़-खाबड़ को भरने के लिए मिट्टी गिरायी है। ट्रॉली अपनी उसी आवाज़ में लौट रही है और छोटी ट्रॉली की आवाज़ से ऊपर अपनी आवाज़ में आदेश का ओज भर रही है।

"कौन चलायेगा दुरमुसवा? जानती हैं हाथ में छाले पड़ जाते हैं।" चिंटू भैया पूछ रहे हैं।

मैं उठकर जितनी देर मुँह धोती रही, धीरज पर डाँट का सिलसिला ख़त्म नहीं हुआ, चलता ही रहा। आख़िरकार मैं अपनी बिना चीनी की काली चाय लिये जब बाहर निकल आयी तो देखा कि फलनवाँ के यहाँ से बड़ी मुश्किल से दुरमुस घिसराते, लाल बनियान पहने, पैंट की मोहरी मोड़े धीरज आकर कोशिश भर दुरमुस उठा-उठाकर देख रहे थे।

"भारी है।" दुरमुस को उठाने की कोशिश करते धीरज बोले।

"भारी है तभी तो कुटायेगा। बहाना न करो। धूप तेज़ होने से पहले कर डालो।" छोटी का आदेश।

धीरज ने निराश भाव से दुरमुस की तरफ़ देखा। कोई चारा न पाकर वे कोशिश भर मिट्टी समतल करने में जुट गये।

"ये लो फावड़ा।" छोटी के छोटे लड़के मुन्नन ने धीरज की तरफ़ फावड़ा रख दिया।

"हाँ, ये ठीक है। मुन्नन तुम बबूल का झाड़ उखाड़ दो।" वे कभी फ़ावड़े से तो कभी दुरमुस से मिट्टी पाट रहे हैं।

"बबूल कहाँ आसानी से उखड़ने वाला!" मुन्नन ने एक हँसुआ लिया और दो-चार डाली काटकर, हँसुआ वहीं फेंककर इधर-उधर घूमने लगे।

तभी दूसरी ट्राली मिट्टी की आ गयी। घर के सामने की जगह को तेरहवीं के भोज का टेन्ट लगाने के लिए समतल किया जा रहा था।

"एक काम इस आदमी से नहीं किया जाता!"

छोटी की फटकार। एक लाचारी-सी धीरज की आँखों में उभरी। अपमान का घूँट गले से उतरा।

"आप क्यों कर रहे? छोटी कोई मज़दूर बुला लो। इनसे दुरमुस कहाँ उठेगा?"

मैं कह पड़ी। बचते-बचते भी कोई राह ऐसी सामने आ जाती है कि आदमी मुठभेड़ में शामिल हो जाता है!

"हाथ में दही नहीं जमा है इनके। और आप आ गयीं भड़काने! क्या करेंगे बैठे-बैठे? रोटी तोड़ेंगे ख़ाली?"

मुझे इतने कटु वचन की उम्मीद न थी। मेरी चप्पलों में धूल भर गयी थी। पैर उठने से इनकार-सा करते लग रहे थे। लेकिन अब इसमें शामिल होना भी ठीक नहीं था। धीरज को अपनी लड़ाई ख़ुद ही लड़नी होगी। उनकी तरफ़ से कोई नहीं लड़ सकता।

दरअसल किसी की तरफ़ से कोई नहीं लड़ सकता। आदमी ख़ुद ही अपनी तरफ़ से लड़ता है। छोटी अगर अपनी लड़ाई लड़ रही है तो धीरज को क्यों सब कुछ बिना कुछ किये चाहिए था! मैं लौट पड़ी। गेट के भीतर।

"इधर मारो दुरमुस। यहाँ, यहाँ। हाथ में दम नहीं है? इधर देखो, इतना बड़ा ईंटा, धँसाओ इसे। बराबर पर लाओ।"

"धीरे बोलो।"

"क्यों बोलूँ धीरे? सुन लें सब तो सुन लें। कब तक इस निठल्ले आदमी को बर्दाश्त करूँ? दोपहर तक समतल नहीं हुआ तो खाना नहीं पाओगे, समझे!"

"मत दो खाना।" धीरज ने धीरे से कहा और उधर-उधर दुरमुस मारने लगे, जिधर-जिधर छोटी की अंगुली जाती।

"बढ़िया है, पटवा रही हैं।"

चिंटू भैया घर के अन्दर से घूम-घामकर फिर बाहर आ गये और आवाज़ में ख़ुशी भरकर बोले। छोटी ने हिकारत से उन्हें देखा। मेहमान न होते तो ख़ुदा क़सम मुँह नोच लेती इस चिंटू भैया का।

लेकिन चिंटू तो चिंटू थे, उन पर किसी निगाह का कोई असर नहीं था। वे अपने उसी अन्दाज़ में भीतर घुसते ही बोले–"अरे अन्नू बहन जी, एक कप चाय और मिली?"

जब धीरज भीतर घुसे तो सूरज ढल रहा था और वे मिट्टी से सने थे। नहाने के लिए अपने कपड़े खोजकर धम्म से चौकी पर बैठ गये और माँ के लिए उनकी खटिया के पास रखे स्टूल पर का जग उठाकर सारा पानी गट-गट पी गये।

"अरे, अरे, उनका ब्वॉयल्ड वॉटर था।" अन्नपूर्णा तड़पी।

लेकिन माँ ने कह दिया–"कोई बात नहीं।"

धीरज उठे, ग़ुस्से और अपमान से लबरेज़ और ग़ुस्से और अपमान को भरसक दबाते, पसीने से चिपचिपाते कुछ शब्द फूटे–"बाप की प्रॉपर्टी का पैसा सिर चढ़कर बोल रहा..."

धीरज एक क्षण को रुके। अपने ग़ुस्से को ज़हर में सानकर धीमे स्वर में बोले–"बिना कमाऊ आदमी किसी काम का नहीं न। भाग जाऊँगा एक दिन, तब पता चलेगा।"

वे अपने सफ़ेद रंग के चेक वाले अँगोछा से माथा पोंछकर बाथरूम की तरफ़ बढ़े।

"ऐ धीरज, ये क्या? हमें सुना रहे हैं? अब ये दिन आ गये हमारे?"

माँ ने अपनी चिड़चिड़ाहट को दबाते हुए कहा।

मैं फिर एक 'अचानक' में गिरी। यह मेरी कल्पना में था ही नहीं कि कभी मेरी माँ अपने सबसे छोटे दामाद से, उस दामाद से, जिसकी सुन्दरता और सुकुमारता की तारीफ़ करते वे थकती नहीं थीं, इस तरह बोलेंगी!!!?

माँ मालिक थीं। सत्ता रूपान्तरित होकर किसी में भी स्थापित हो सकती है।

धीरज नौकर थे। बेगार करने वाले।

छोटी हेड नौकर थी। बाहर से अपनी हेकड़ी दिखाती और भीतर से अपनी गुलामी पर माथा पीटती।

अन्तर–

अन्तर यह था कि नौकर नाराज़ होकर भाग सकता था। दूसरी जगह काम ढूँढ़ सकता था। मालिक के काम में गड़बड़ी कर सकता था। पर इस रिश्ते में इस सब की गुंजाइश न के बराबर थी...

–नीली

बारहवाँ दिन–दिन में उगा तारा एक

पिता जी के पढ़ाये पुराने विद्यार्थी अपने बच्चों या किसी अरिचित-परिचित का सहारा लेकर न जाने किस-किस कोने से चले आ रहे थे। उन्हें देर में पता चला था। छोटे से जनपद में ख़बर फैलते-फैलते फैली थी। उसके आसपास के गाँवों में उसके भी बाद फैली और दूर-दराज़ के शहरों तक और भी देर में पहुँची। माँ अपने बिस्तर के आगे पड़ी कुर्सी पर बैठ गयी थीं और रह-रहकर अपना माथा अपनी हथेली से दबाती थीं। जैसे ही कोई आता, छोटी दौड़ती और बताती कि कैसे परसों माँ बीमार पड़ गयीं और उन्हें लेकर अस्पताल भागना पड़ा–"ब्रेन हैमरेज था भइया।" वह पिता जी के पुराने विद्यार्थियों से भय मिश्रित आवाज़ में कहती। इस बताने के पीछे मक़सद होता कि अब माता जी को कोई टेंशन न देने पाये। एक दिन पहले ही पिता जी की एक तस्वीर फ्रेम में मढ़वाकर मँगायी गयी थी। उसे बैठक में ठीक सामने लगा दिया गया। बैठक में लगी चौकियों यानी तख़्तों को लोग बाद में देखते, तस्वीर पहले दिखती।

"मास्साब कैसे लगने लगे थे। बीसों बरस से उनसे मुलाक़ात न हुई। चेहरे पर मस्सा कहाँ से निकल आया। रंग-सँवरा गया था क्या?"

"कैसे उज्जवल दिखते थे मास्साब। साक्षात् वृहस्पति। पढ़ाते तो पिन ड्राप सायलेंस होता। हम लोग उनके सबसे पहले बैच वाले छात्र रहे हैं। का हो पाण्डे, तू त दू बैच पीछे अइला।"

"हाँ, आप लोग आगे थे।"

पाण्डे भइया अपना घुटना सहलाकर बोले। अब उनके घुटने जवाब देने लगे हैं। बड़ी मुश्किल से बबूल के पेड़ों में उलझी-सी ऊबड़-खाबड़ गली वे पार कर आये थे।

वे छात्र भर नहीं थे। वे पिता जी की जीवनधारा के प्राणतत्त्व की तरह थे। उनके बिल्कुल शुरुआती दिनों में न्याय के पक्ष में अपना समर्थन देने वाले छात्र। वे पिता जी के हृदय में निवास करते थे और अपनी नौकरियों में व्यस्त हो जाने के बावजूद भी जब अपने गाँव लौटते तो शहर आकर पिता जी से मिलते ज़रूर। यह क्रम पिछले कुछ वर्षों से कम होते-होते छूट गया था। वे भी अपनी बीमारी और बुढ़ापे से जूझ रहे थे।

"माता जी, आप चिन्ता न करें। हम लोग बुढ़ा ज़रूर गये मगर मास्साब के लिए आज भी दौड़े आये हैं, आगे जब आप आदेश करेंगी, दौड़े आयेंगे। चिन्ता में बीमार हो जाना ठीक नहीं।"

उपाध्याय भैया अपनी आँखों से बह-बहकर बाहर दिख जाने वाले आँसुओं को पोंछ रहे थे। माँ कुछ नहीं बोलीं। उपाध्याय भैया का ध्यान मुझ पर गया तो थोड़ा चकित होकर बोले–"इ त नीली हैं न। मुम्बई में रहती हो।" उनकी आँखों में चमक थी।

पिता जी की छवि झूल गयी। ऐसे ही हमारी उपलब्धियों पर ख़ुश होते तो आँखों में अनोखी चमक भर जाती। पिता जी के शिष्यों ने उनसे इतना तो सीखा है।

"कभी इलाज-उलाज कराना हुआ तो हम लोग आ सकते हैं न?"

गिरधर भैया थोड़ा चिन्ता में बोले। उन्हें अपने गाँव में ज़्यादा तकलीफ़ थी। बेटे के पास रह रहे थे। पहले बम्बई भागकर गये। इधर-उधर नौकरी की, पर कोई ख़ास कमाई नहीं बनी।

"क्या भैया, अब आप लोग ये सब बोलेंगे। हमारे परिवार में आप सब नहीं हैं क्या?"

भैया थोड़ा-सा और भावुक हो गये। अपने बुशर्ट का किनारा उन्होंने भिगो लिया। फिर आवाज़ के साथ रो पड़े।

मुझे गिरधर भैया के वे दिन याद आये, जब वे बम्बई भाग गये थे। कई साल तक उनका कुछ अता-पता नहीं चला, फिर एक दिन अचानक वे उदित हो गये। चारों तरफ़ के गाँवों में हल्ला मच गया कि गिरधर बड़ी-बड़ी पेटियाँ लेकर लौटे हैं और साथ में एक मेहरारू भी। पिता जी बेचैनी से टहल-टहलकर गिरधर भैया का इन्तज़ार करते। दरअसल गाँव से इस जनपद में पढ़ने वाले ज़्यादातर विद्यार्थी ग़रीब होते। साइकिल से या पैदल बीस किलोमीटर चलकर पढ़ने पहुँचते। फ़ीस के पैसे उनके पास शायद ही कभी जुट पाते। ऐसे में पिता जी, माँ की सारी झल्लाहटों के बीच फ़ीस भरते रहते। चूँकि आने वाले लड़के इतनी दूर से आते, तो उनका खाना भी हमारे यहाँ चलता ही रहता। खाना, कुछ ख़ास नहीं होता–रोटी, सब्ज़ी। कभी कभी दाल हो जाती या कभी-कभी रोटी और अचार रहता। सब्ज़ी उपलब्ध नहीं हो पाती। माँ को बहुत रोटियाँ बनानी पड़तीं तो वे बीच-बीच में उब जातीं और झल्लाने लगतीं–"लंगर खोल लिया है तुम्हारे पापा जी ने। कौन चूल्हे के आगे मरता है, इससे उन्हें कोई लेना-देना नहीं।"

इसी आपा-धापी, रोज़ी-रोज़गार, पैसों की बचत और परोपकार की भावना के बीच जीवन था।

अपनी कठिनाइयों के बीच दमकता, चहकता, कभी डराता, कभी चिन्तित बनाता...

लेकिन उनके ये शिष्य भी मामूली नहीं थे। शिष्य उनके लिए जान की बाज़ी लगाने को तैयार रहते। पिता जी के निर्भय अपना सिद्धान्त मनवा डालने के पीछे की शक्ति यही उनके शिष्य थे। पिता जी इन शिष्यों को अपने बच्चों की तरह मानते और उनकी चिन्ता करते। उन्हें छोटी-छोटी नौकरियाँ दिलाने के लिए दौड़-भाग भी करते। इन्हीं शिष्यों में गिरधर भी थे और गिरधर भाग गये थे। पिता जी कई साल उनकी चिन्ता करते रहे थे। अब गिरधर लौट आये थे तो उनका अनकहा इन्तज़ार कर रहे थे। पिता जी को विश्वास था कि गिरधर दौड़ते हुए उनसे मिलने आयेंगे। गिरधर आये–नये काट की बम्बइया पतलून पहने और उस पर कोट डाले, ऐसा कपड़ा तो यहाँ लोग नहीं पहनते और जिनके पास था भी, वे भी खास मौक़े पर पहनने के लिए बचाये रखते। गिरधर तो रोज़ाना की तरह ऐसी पोशाक पहनकर आये थे। आँखों पर धूप का चश्मा लगाये थे, जबकि बैठक में धूप नहीं थी। थोड़ा चमक रहे थे। साबुन, तेल की चिकनाई पता चल रही थी। पिता जी चहकने लगे, आवाज़ लगाने लगे–'चाय पिलाओ, पकौड़ी बनावो। अरे हमारे गिरधर बम्बई से आये हैं।'

गिरधर भी मामूली नहीं थे। उन्होंने पैंट की पॉकेट से दो रुपये की एक साबूत गड्डी निकाली और दो रुपये का एक-एक नोट हम सबको बुला-बुलाकर दिया। वे कहते–'नीली, देखो तुम्हारे भैया कमाकर आये हैं।' और एक नोट गुलाबी रंग में दमकता मेरे हाथ आ जाता। फिर पूछते–'श्यामा को मिला।' श्यामा दौड़कर आती और अपना नोट पा जाती। फिर अन्नू, फिर छोटी। यही सारी पूँजी थी जो गिरधर भैया ने हमें दी थी। इसके कुछ ही रोज़ बाद वे फिर बम्बई भाग गये थे। उनके गाँव से पता चला कि बम्बई से लायी उनकी पेटी उनके चचेरे भाई चुरा ले गये थे और उनकी मेहरारू को लेकर उनका अपना छोटा भाई चम्पत हो गया था। इस ख़बर से पिता जी उदास हो गये। वे मानते थे कि गिरधर भोले आदमी हैं। हम भी उदास हो गये। पेटी चुराने को लेकर उतना नहीं जितना कि मेहरारू के भाग जाने को लेकर हुए थे। मैंने श्यामा की तरफ़ देखकर गुलाबी नोट की ख़ुशबू याद दिलायी। पर श्यामा की स्मृति से गुलाबी नोट के साथ-साथ मेहरारू भी साफ़ हो चुकी थी।

"कौन?" श्यामा ने प्रश्नवाचक निगाह से देखा।

"हम लोगों के लिए क्या-क्या नहीं किये मास्साब। अलग तरह के आदमी थे।"

"तू लोगन के तो अमहट अ कुआनो अब याद न होगा। एक समय था कि हम लोग कुआनो पार कर गाँव से पढ़ने आते थे। एक बार तो तुम बच्चों को बचाना पड़ा था। कहाँ-कहाँ तक खेलने निकल जाते थे..."

भैया पुराने दिनों में चल रहे थे...एक पुरानी कहानी का हाथ पकड़े...

और मेरे सामने अमहट था...हमारा खेल का मैदान...

दौड़ते हुए पता नहीं कब हम धूल-भरे पाँवों से अमहट नाप आते। उस दिन भी हम खेल रहे थे कि अचानक कई राउंड गोली चलने की आवाज़ आयी। इससे पहले न मैंने, न मेरी बहनों ने, न ही मेरे दोस्तों ने कभी गोली चलने की आवाज़ सुनी थी। हमें यह पटाखे की आवाज़ जैसी लगी। चौंककर हमने उस तरफ़ देखा और पटाखे की रोशनी पहचान लेना चाहा। मगर सामने से दौड़ता हुआ रामफल दिखा, एकदम हमारी तरफ़ आता। अचानक हलचल मच गयी। पुल पर ऐसी हलचल हमने कभी नहीं जानी थी। कई मोटर साइकिलें सरसराती हुई गुज़र गयीं। फिर कई जीपें गुज़रीं। हम कभी आकाश की तरफ़ तो कभी पुल की तरफ़ देख रहे थे। कौन पुल से गिरा, हमें कुछ समझ न आया। कुछ लोग पुल के नीचे तक दौड़ रहे थे। रामफल हमारे खेतों में (जो खेत जैसे थे, आधा बीघा ज़मीन को पिता जी ने खेत बना दिया था, उसमें मौसम के अनुसार सब्ज़ियाँ लगायी जाती थीं) पानी डालने आता था। उसने दौड़ते और कुछ हाँफ़ते हुए हममें से एक का हाथ पकड़कर खींचा, इस खींचने में साथ आने का इशारा था और उतनी ही तेज़ी से उस छोटे से मन्दिर के पीछे छिप गया। हमने कुछ भी नहीं सोचा, बस उसके इशारे में खिंचे से जाकर मन्दिर के पीछे बैठ गये। बहुत देर तक कोई कुछ नहीं बोला। फिर काँपती-सी घबरायी आवाज़ में रामफल ने कहा--"बच्चा लोग, यहाँ कहाँ खेल रहे। इतनी बार बाबूजी ने मना किया। गोली चल गयी, सुने नहीं? लाशें गिरी हैं। अब एकदम चुप बैठो, शान्ति होगी तब चलेंगे।"

अब हमें वैसा डर लगा, जैसा गोली की आवाज़ पर भी नहीं लगा था। छोटी और उसकी सहेली निक्की तो तुरन्त बुलुर-बुलुर रोने लगे। लो, हो गयी मुसीबत!

रामफल ने आँख तरेरी–"मरवा दो।"

अब हम सब मन में रोने लगे। मैं अपने को बहादुर मानती थी, पापा बार-बार यही कहते थे। लेकिन इस समय बहादुरी जाने कहाँ गयी थी! मन होता था ज़ोर-ज़ोर से रोकर सारी दुनिया इकट्ठा कर लूँ, लेकिन नहीं, ऐसा मैं नहीं कर सकती थी, बहनों और दोस्तों के सामने, और रामफल के सामने? बिल्कुल नहीं, तो मेरा मन में रोना किसी को न दिखे, यह कोशिश मैंने भरसक की।

गोलियाँ फिर चलीं। कई राउंड फ़ायर हुआ। मन्दिर की दीवार के पीछे से झाँककर एक-दो बार हमने भी देखा, रामफल की आँखों में हमारी भी आँखें शामिल थीं। रामफल ने ही बताया कि 'गैंगवार हो रही है। लाशें गिरेंगी आज तो।' रुकी हुई

साँसों से हमने सुना। लाशें गिरने को अपनी आत्मा से महसूस किया। घरघराती हुई जीपों का सिंहनाद सुना।

"रामफल भैया, कौन लोग ये सब कर रहे?"

रामफल मजदूर था, लेकिन हमारे लिए भैया था, जो हमारे खेतों में काम करने के कारण हमसे जुड़ा था, बल्कि हमसे ज़्यादा इसलिए जुड़ा था कि उसने हमारे बीच क्यारियाँ बाँटी थीं, सबका अपनी क्यारियों पर बराबर हक था। इतनी ईमानदारी से क्यारियाँ बाँटी गयी थीं कि किसी को कोई दिक़्क़त नहीं हुई। उस पर से रामफल हमें काम भी बाँट देता। सबको अपनी क्यारियों में कितना पानी डालना है, ये रामफल तय करके बता देता। इस मुद्दे पर हम पिता जी से नहीं, रामफल से शाबाशी पाना चाहते थे। रामफल पौधों और क्यारियों, सब्ज़ियों के मौसम और उनकी क़िस्मों आदि के बारे में हमारा आदर्श गुरु भी था। पिता जी उसकी जानकारियों को मुस्कराते हुए सुनते थे और हमें चापाकल चला-चलाकर बाल्टी-बाल्टी पानी भरते देखकर जाने कौन सा सुकून पाते थे।

इस तरह रामफल हमारा बड़ा भाई अपने आप बन गया था और हमारे दिलों में अपनी ख़ास जगह रखता था।

"भैया, कब तक चलेगा ये गैंगवार?"

"चुप, चुप। धीरे बोलो। गोली खानी है?"

रामफल ने मुँह पर अँगुली रखी। सबने सिर हिलाया 'न'।

सन्नाटा छाने लगा। सब शान्त। हवा की आवाज़ भी जैसे डरते हुए आ रही थी। सन्नाटे में हस्तक्षेप करती हुई।

"हम उन्हें बचा नहीं सकते?"

अचानक श्यामा ने सहमते हुए रुआँसे-से स्वर में पूछा।

"तू बचावे जइबू, बच्ची? अरे राम रे राम! मानवेन्द्र प्रताप शाही और गजेन्द्र सिंह का गैंग है। भिड़न्त हुई है दोनों में। हम तो इह में फँस गये ससुर, अब का करें? और तू बच्चा लोग कहाँ से इहाँ आ मरे..." रामफल रोने जैसा बोल रहा था पर रो नहीं रहा था। रामफल गाने जैसा बोल रहा था पर गा नहीं रहा था, रामफल बड़बड़ाने जैसा बोल रहा था पर बड़बड़ा नहीं रहा था...

"गुंडन के बचावे जइहैं बच्चा लोग? अरे राम रे राम! आपन जान बचाओ सब लोग...का कहिहैं मास्साब...रामफल तू वहाँ था, तब भी बच्चा लोगों को नहीं बचा सका...इहाँ काहे आते हो तुम लोग...खेलने की जगह कम पड़ गयी क्या? खड्डहिया स्कूल का इतना बड़ा मैदान है, वहाँ काहे नहीं खेलते...हे राम...का होगा...मौत सामने है, यमराज जी आ गये हैं...बचा लो..."

रामफल कुछ कुछ मातम जैसा कर रहा था....

"दोनों फिर लड़ रहे..."

"दोनों जिगरी यार थे कभी?"

"अरे बाप रे, तुम लोग न समझ पाओगे। मास्साब तो धर्मात्मा आदमी हैं। सबको अच्छी सीख देते हैं। अब वे इस शहर का रंग न बदल सकते...कोई न बदल सकता..."

"रामफल भैया, हम लोगों को भी गोली लग जायेगी?" मेरा सहपाठी और पड़ोसी और प्यारा ज़िगरी दोस्त विनय बहुत देर से अपनी बहादुरी पर टिका था, अब हिचकियाँ लेकर रो उठा।

"नहीं रे, तुम्हें मारकर किसी को क्या फ़ायदा?"

"मारने में भी फ़ायदा होता है?" अन्नू की आँखें अचरज़ से फैल गयीं।

"खुसुर-पुसुर बन्द करो...लगता है तुम्हीं लोग मरवाओगे...हे भगवान...आख़िरी राउंड था क्या? किधर से किसने मारा, कुछ पता ही न चल रहा...चले गये क्या..."

रामफल जैसे रुदन की आवाज़ में सांत्वना दे रहा था...

मन्दिर के पास अक्सर एक बुढ़िया लकड़ियाँ चुनती धूमती रहती थी। पर कभी किसी से बोलती नहीं, चुपचाप अपने में मगन, जैसे दुनिया का सबसे ज़रूरी काम करने निकली हो! जाने किस गाँव से यहाँ तक चली आती थी। जब हम खेल रहे थे और अचानक हमने गोली की आवाज़ और फिर रामफल को दौड़ते देखा था, बुढ़िया भी उस वक़्त हमारे आसपास ही पत्तों के ढेर लगाने में मगन थी। पता नहीं उसने हमारी तरह आकाश और पुल को बारी-बारी देखा था कि नहीं! अब इतनी देर बाद हमें बुढ़िया की याद आयी थी।

"भइया, वो बुढ़िया कहीं छिपी होगी? कहाँ छिपी होगी? बताओ न?"

मैंने धीरे से उसे हिलाया।

"भइया, हम अब कभी घर नहीं जा पायेंगे?" श्यामा दु:खी सहमी-सी।

विनय ने अब अपनी हिचकियों पर क़ाबू पा लिया था।

घर पहली बार एक धड़कती आवश्यकता की तरह हमारे सामने उपस्थित हुआ था।

"चुप बे! सब गड़बड़ बोलते हो।"

रामफल ग़ुस्सा गया। उसका ग़ुस्साना हमें नहीं चाहिए था। हम उसके प्यार और देखभाल के लिए उस एक क्षण में ही तड़प उठे।

"भइया, बुढ़िया कहाँ गयी होगी...वो तो पुल के नीचे तक चली जाती है..."

"काल आया होगा तो मर गयी होगी.."

रामफल ने उसी ग़ुस्से में कहा।

“भइया, भूख लगी है।” ये छोटी थी, जिसे ऐसे किसी वक़्त ही अपनी भूख याद आती थी, अन्यथा घर पर इसे दो रोटी पूरी खिला देना चुनौती बन जाता था।

अब सबने गुस्सा कर छोटी को देखा। सबके इस तरह देखने से छोटी चुप हो गयी लेकिन उसकी आँख से टप्प-टप्प मोती गिरने लगे।

इसी ने रामफल के ग़ुस्से को पिघला दिया। वह वापस अपने डर में लौट आया। बड़ी दूर से पुलिस की गाड़ी का हॉर्न सुनायी दिया। रामफल ने मन्दिर के कोने से झाँककर देखा। फिर अचानक ही कुछ निर्णय लेता हुआ बोला–“बच्चा लोग, तुम लोग धीरे-धीरे बिना आवाज़ किये यहाँ से घर की तरफ़ निकल लो। सीधा घर, अँधेरा हो जायेगा तो फँस जाओगे।”

अँधेरा हो ही रहा था, हम रामफल से लिपट गये।

“भइया, हम अकेले नहीं जायेंगे। हमें डर लग रहा।”

अब तो मेरी भी बहादुरी हारने लगी। मन में दबा आँसू का समन्दर उमड़कर आँखों से गिरने लगा।

“जाओ, देर न करो। पुलिस आ गयी तो मुश्किल हो जायेगी...”

रामफल ने परेशान होकर फिर से समझाकर भेजना चाहा। पुलिस की जीप का सायरन नज़दीक आ रहा था।

“हम इधर खाल से होते हुए अपने गाँव निकल लेंगे। भागो तुम लोग।”

लेकिन रामफल के समझाने का कोई असर न हुआ। किसी ने रामफल का अँगोछा पकड़ लिया तो किसी ने हाथ, जिसे कुछ न मिला वो रामफल के कपड़े का छोर कहीं न कहीं से पकड़कर खड़ा हो गया। सबकी आँखें आँसुओं से भरी...

आख़िरकार रामफल की अगुआयी में उसे किसी न किसी तरह पकड़े, उसके कुर्ते से लटके-पटके से...हम सब भरसक दौड़ते, भरसक दौड़ने में बाधा पैदा करते, क्योंकि रामफल को छोड़ने को कोई तैयार न था, दहशत की हवा में पाँव धरते चल पड़े थे...जीपों का धड़ाधड़ पुल पर रुकना सुनायी पड़ रहा था...सायरन की आवाज़ कान बेंध रही थी...हम दौड़ रहे थे...

जब सबसे तेज़ दौड़ना होता है, ऐन तभी पाँव ऐसे जमने लगते हैं, जैसे दौड़ना जानते ही न हों, ऐसे दुखने लगते हैं, ऐसे मन भर फूल उठते हैं, जैसे दुनिया में यही पहला वक़्त था, जब उन्होंने दौड़ना शुरू करना जाना था...इतने नाजुक, कमज़ोर, कमज़र्फ़ पाँव...

भागते हुए जो चीज़ हमें दिखी, वो बुढ़िया की साड़ी थी, साड़ी के भीतर बुढ़िया कहीं छिपी-सी लगती थी, साड़ी पर लाल-लाल छींटें से जमे थे...हमने चिल्लाकर रामफल से कहना चाहा–"बुढ़िया को साथ ले लें..." लेकिन हमारे गले से इतनी घिघियाती, डरी-सी मरियल आवाज़ निकली, जो रामफल तक नहीं पहुँच सकती थी और न ही रामफल की आवाज़ का सामना कर सकती थी...

"और तेज़..." रामफल की धीमी आवाज़ में इतनी ताक़त थी कि हम बुढ़िया की साड़ी पार कर गये...लाल छींटदार साड़ी पीछे छूट गयी।

जब हम गिरते-पड़ते, हाँफते-काँपते अपने घर तक जाने वाली गली में पहुँचे तो सामने पिता जी दिख गये...कहीं जाने की हड़बड़ी और बेचैनी में जल्दी-जल्दी क़दम बढ़ाते...

उनकी बग़ल में उपाध्याय भैया और गिरधर भैया उतनी ही बेचैनी से उनके क़दमों से क़दम मिला रहे थे। पिता जी कुछ बोलते कि गिरधर भैया बोल पड़े–"हद है मनबढ़ई की! कहाँ थे? गोली की आवाज़ न सुनायी पड़ी?" इतना बोलते-बोलते लगा था कि गिरधर भैया हम लोगों को अब कि तब पीट ही देंगे। लेकिन वे रुक गये और अपने ग़ुस्से को क़ाबू करने में चेहरे पर तरह-तरह के भाव बनाने लगे। वैसे हम गिरधर भैया से अधिक उपाध्याय भैया से डरते थे, गिरधर भैया तो हमेशा हमारी तरफ़दारी करते थे, लेकिन इस वक़्त तो गिरधर भैया ही काल भैरव का अवतार नज़र आ रहे थे...

रामफल तीर की तरह छूटकर घर के बारामदे से अन्दर भाग जाना चाहता था लेकिन हम सब रुकावट की तरह उसे पकड़े रहे, वह गिरता, ढिलमिलाता भागा, पिता जी का क्रोध रामफल पर फूट सकता था। वह अन्दर वाले बरामदे के कोने में पड़े एक बोरे पर लोट गया। हम सब उसके लोटने में उसके कुर्ते से खिंचते, उसके अँगोछे में घिसराये जाते, उसकी अंगुलियों में लिपटे उसी बोरे के छोर पर लटपटाये से गिरे-धमाधम...एक-एक कर...

अब जो भी होना था हमारे साथ, उसमें रामफल शामिल था और जो भी रामफल के साथ होना था, उससे हम विलग हो ही नहीं सकते थे...

पिता जी अपने शिष्यों के साथ अन्दर के बरामदे में हमारे ज़रा-सा पीछे आये और हमारी तरफ़ या रामफल की तरफ़ या शायद दोनों की तरफ़ कुछ देर तक देखते रहे। फिर ग़ुस्से से निकलने वाले उनके शब्द अचानक नर्मी में बदल गये। फिर तो उपाध्याय भैया भी चिन्ता के पीछे से हल्का-सा हँसे–"डर के मारे हमलोगों की जान

सूख रही थी और तुम लोग रामफल के पीछे-पीछे छिप रहे हो? थे कहाँ? वहीं पुल के पास थे क्या? बताओ, नहीं तो पुलिस वाले आ जायेंगे।"

भले ही उपाध्याय भैया ज़रा-सा हँसकर बोले थे, तब भी उनकी आवाज़ की दहाड़ कम नहीं हुई थी। उनका हँसना-मुस्कराना बेकार था, ऐसा हमने तब समझा था।

हमारे सिर स्वीकार में हल्का-सा हिले और बादलों से घिरे आसमान से झमाझम बारिश होने लगी।

"अब क्या रो रहे? अब से उधर गये तुम लोग तो टँगड़ी तोड़ के घर बिठा दिया जायेगा। भीख माँगने वालों की लाइन में खड़ा होकर भीख माँगना।"

ये हमारी सबसे बड़ी सज़ा थी–पढ़ाई छुड़ाकर भीख माँगने की सज़ा और इससे हमें डर लगता था।

शहर में भीख माँगने वाले बच्चों की संख्या कम नहीं थी। हम उन्हें पहचानते थे, जानते नहीं थे उनके जीवन का रेशा-रेशा, तब भी एक अनजानी ग़रीबी, दुरदुराहट और तकलीफ़ अजानी भी नहीं थी।

"बच्चों का भीख माँगना बन्द कब होगा?" यह हमारी आने वाले दिनों की दरख़ास्त थी, जिस पर रामफल को भी अँगूठा लगाना था। पिता जी इस दरख़ास्त को देखकर कितने हिल जायेंगे, इसका अन्दाज़ा तब हमें नहीं था। माँ कहतीं कि, 'बच्चों की किसी भी बात को आप इतनी गम्भीरता से क्यों लेते हैं?' पर पिता जी इस दरख़ास्त पर गम्भीर थे और उदास भी।

इतिहास के किसी भी पन्ने पर यह गोली-बारी कभी दर्ज नहीं हुई, तो पुलिस की पूछताछ भी नहीं हुई। यह माना ही नहीं गया कि कभी कोई लाश या लाशें यहाँ गिरी थीं...कुछ लोग जो मरे थे, वे किसी के कुछ लगते थे...कोई एक बुढ़िया थी, जो अमहट पर, पुल के नीचे, मन्दिर के आसपास तक लकड़ियाँ बीनने चली आती थी, जो मटमैले रंग की सफ़ेद साड़ी पहने रहती थी...कहीं कोई बन्दूक़ थी, जिसमें एक गोली थी, जो इसी गोलीबारी में बुढ़िया को लगी थी। उसकी मटमैले रंग वाली साड़ी पर लाल छींट हम बच्चों ने और रामफल ने एक साथ देखा था। पुलिस की जीप का सायरन भी एक साथ सुना था और जीप की घड़घड़ाहट जानी थी, जिसे पीछे मुड़कर देखने का साहस हममें से किसी ने नहीं किया था। हम नीचे थे, मंदिर के पास और गतिविधियाँ पुल के ऊपर थीं...इससे उनका 'होना,' 'न होना' नहीं हो सकता था...क्योंकि हम बच्चों ने और रामफल ने एक साथ लाल छींट की साड़ी को पार किया था...

जो चीज़ें दर्ज़ नहीं होतीं, क्या वे सचमुच नहीं होतीं?

वे होती हैं हमारी स्मृतियों में सुरक्षित, हमारी कहानियों में कही जाती, हमारे जीवन में जीवन का कोई पाठ बनाती...वे होती हैं, जब हम अपनी अगली पीढ़ी को अपने अनुभवों की थाती थमाते हैं तो चुपके से वे आगे बढ़ जाती हैं और आगे, उससे भी आगे बनी रहती हैं...पीढ़ी दर पीढ़ी हस्तान्तरित होती हुई...

हलचलों से भरे इस शहर का यह समय लोगों की स्मृतियों से छिटककर कहीं खो गया...कि कुआनो की धार में बह गया...कि कुआनो की बाढ़ एक अदेखा सपना था...कि पुराना पुल कभी था ही नहीं...कि उपाध्याय भैया और नलिनदेव भैया कभी नेपाल गये ही नहीं...न कभी हाईस्कूल पास करने पर नेपाल से मेरे लिये रिको सिको घड़ी आयी...और यह जो समय, नया बनकर चमका था, उसकी तरफ़ देखने से आँखें चौंधियाती थीं...

"रामफल की याद है न? और उपाध्याय भैया की वो डाँट?"

मैं श्यामा से पूछना चाहती थी।

"पता नहीं। आपको ही याद रहता है अनाप-शनाप।"

श्यामा ने यह न कहकर कहा। तब मेरा ध्यान बातों के यथार्थ की तरफ़ गया, जिसमें रामफल की कोई जगह नहीं थी।

उपाध्याय भैया पूछ रहे थे–"कैसे हुआ?"

और छोटी वर्णन कर रही थी–हफ्तों से पापा कुछ खा नहीं पा रहे थे। गले में दर्द नहीं था। बुख़ार तो उन्हें हमेशा ही लगता रहता था। सुबह ब्रेड भी नहीं खा पाये। ऐसा लग रहा था जैसे देह छोड़ रहे हों।"

"ये सब बताया क्यों नहीं?" मेरे मुँह से यही निकला।

–नीली

बारात कोई ऐसी न हुई

यह कोई फ़िल्म का दृश्य नहीं था, जिसे रिवाइंड करके किसी वीडियो रिकार्डर पर बार-बार देखा जाये। यह तो सिर्फ़ एक बार घटित होकर हज़ारों नागरिकों की स्मृतियों में खुभ गया था—बेपरवाह, बिन्दास...कोई पढ़े-न-पढ़े, कोई खोजे-न-खोजे, कोई याद करे न करे...इस क़स्बेनुमा शहर वाले जनपद का कोई इतिहास, जो था और नहीं था, के बीच किसी जगह पर रुका चला आता था...

मानवेन्द्र प्रताप शाही बहुत सुन्दर थे, दमकता हुआ गौर वर्ण, काली झबरीली मूँछें, गठा हुआ बदन पर ज़रा नाटा क़द, इतना नाटा भी नहीं कि उनकी ख़ूबसूरती को कम कर दे। कहते हैं कि नेपोलियन भी तो लम्बा नहीं था, इस तर्क पर उनका नाटा क़द पीछे छूट जाता था और प्रसिद्धि आगे खड़ी हो जाती थी। लेकिन शाही विश्व विजय का स्वप्न लेकर नहीं निकले थे। वे तो अपने सहपाठी और जिगरी दोस्त के साथ बढ़ते झगड़े में उलझते चले गये थे। झगड़ा बढ़ते-बढ़ते हिंसा के तर्क़ लाँघ गया था—अब यह युद्ध था, जो अहम् और वर्चस्व के प्रदर्शन का जितना था, उतना निज के बाहरी संसार का नहीं था। दोनों सिंह थे और एक ही छोटे से शहर में अपना राज्य जमाना चाहते थे। दोनों के पास सेना की कमी न थी। शहर के बेरोज़गार युवकों का यही प्रिय रोज़गार बन चला था। दोनों के पास साहस की भी कमी न थी। दोनों चोर-डकैत नहीं थे। दोनों एक ही जगह, एक ही स्कूल में, एक ही कक्षा में साथ पढ़े थे कभी।

साहस और दुस्साहस में बारीक-सा अन्तर होता है। साहस की सीमा से मानवीय उद्देश्य के लुप्त होते ही निडरता, दृढ़ता और आत्मत्याग दुस्साहस की तरफ़ जा पड़ता है।

था कोई ज़माना कि नायक में साहस और खलनायक में दुस्साहस को आसानी से पहचान लिया जाता था। पर अब फ़िल्मों ने खलनायक के गुण नायक में डालकर सब इतना गड्ड-मड्ड कर डाला है कि किसे नायक कहें, किसे खलनायक,

बड़ा मुश्किल हुआ है तो जीवन में भी यही है। अब ज़िन्दगी की उलझनों में नायक का दुस्साहस भी साहस तो खलनायक का साहस भी दुस्साहस...सब उलट-पलट गया है...असल जीवन की गड्ड-मड्ड का शिकार यह शहर भी हो गया था।

कभी के ज़िगरी रहे दोनों दोस्तों ने युद्ध का बिगुल बजा दिया था। आये दिन मुठभेड़ होती, उनके हैरतअंगेज़ कारनामे कहानियों की शक्ल में ढलते...

बढ़ते-बढ़ते इस गैंगवार ने पूरे शहर को अपनी ज़द में ले लिया—अब शहर का नक्शा दो भागों में फाड़ा जा सकता था—एक तरफ़ मानवेन्द्र प्रताप शाही का इलाक़ा तो दूसरी तरफ़ गजेन्द्र सिंह का...लोग या तो इधर थे, या तो उधर। जो न इधर थे, न उधर, वे परेशान थे—बेचैन और बेहाल!

इन दो सिंहों और शहर के दो फाड़ होने के बीच न कोई राजनीतिक पार्टी दख़ल दे सकती थी न स्थानीय पार्टी। वे स्वयं अपने आप में पार्टी थे। राजनीतिक पार्टियाँ उनका मुँह जोहती थीं, जिसका पलड़ा भारी देखतीं, उसी करवट लेट जातीं और विजयी होतीं। इसलिए कब कौन सी पार्टी का ऊँट किधर बैठेगा, यह इन्हीं पर निर्भर करता था।

"महाभारत है ये। इसमें नाश-ही-नाश है, निर्माण नहीं।" पिता जी कभी-कभी खीझकर कहते।

"कैसे?"

"यही तो मुश्किल है। बन्द मुट्ठी लाख की, खुल गयी तो ख़ाक की।"

"दोनों को मारपीट आती है, राजनीतिक दाँवपेंच नहीं।" शहर का कोई व्यक्ति संजीदा हो उठता।

"पता नहीं कब अकल आयेगी इन्हें।" कोई कोई दुआ भी करता।

तो उन्हीं शाही, जिनकी तुलना उनके नाटे क़द के कारण नेपोलियन से की जाती और उनके युद्धों की तुलना द्वितीय विश्वयुद्ध से।

इस पूरी कहानी में नेपोलियन की हार वाला हिस्सा शामिल नहीं था।

यह बात कोई मानता भी तो नहीं, वही नेपोलियन की हार वाली बात!

स्थानीय जीवन का इतिहास अपना रंग-ढंग रखता है।

तो उन्हीं की आज बारात जाने वाली थी—मानवेन्द्र प्रताप शाही की बारात।

जनश्रुति थी कि किसी क्षत्राणी सुन्दरी, जिसे शहर ने कभी देखा नहीं था, जो किसी मशहूर डॉन की बेटी थी, जो कभी दूर पढ़ने भेजी गयी थी, जो इतनी सुन्दर थी जैसे रानी पद्मावती...जो सौ-सौ पर्दों में छिपी थी...अल्ल-बल्ल...बल्ल...

तो वही सुन्दरी अपना दिल हमारे शहर के ख़ूबसूरत नौजवान योद्धा, किन्तु नेपोलियन की तरह नाटे क़द वाले शाही पर हार बैठी थी। और अब शादी करने की

ज़िद ठान चुकी थी। उसने अपनी पर्सनल पिस्टल से धायँ-धायँ करते हुए शाही को सन्देश भिजवाया था कि अगर यह शादी न हुई तो यह धायँ-धायँ न जाने कितनों के सिर से गुज़रेगी और आख़िर में उसके ख़ुद के सिर से...

यह घटना शहर में किसी बम विस्फोट की तरह फूटी थी।

हाय राम! इस छोटे से शहर में ऐसी बड़ी बात!

लोग यह भुलाकर कि सुन्दरी ने पिस्टल के साथ सन्देश भेजा था, सुन्दरी की कल्पना किसी फ़िल्म की एक्ट्रेस की तरह करने लगे। कल्पना की सुन्दरी अपरूप होती–अद्वितीय और परियों के रथ पर चढ़ी इस शहर में प्रवेश करती दिखती। लोगों ने तो यहाँ तक अपनी कल्पना के घोड़े दौड़ा लिये कि शाही को उसने कब और किस रुप में देखा होगा, कब वो मोहित हुई होगी और कैसे उसने इतना भारी निर्णय ले डाला होगा। ज़ाहिर है कि पूरे शहर को उद्वेलित कर देने वाली इस ख़बर पर शहर का दूसरा हिस्सा शान्त कैसे रह सकता था। उसने ऐलान किया कि बारात उसके इलाक़े से होकर गुज़रने न पायेगी। बेहतर हो कि कहीं और जाकर शादी कर आयें। पर शाही भला इसके लिए कैसे राज़ी हो सकते थे। शहर भी इसके लिए राज़ी नहीं हो सकता था! भला इस शहर का दूल्हा शादी करने के लिए किसी और शहर जाये! न, न, असम्भव। चाहे जितनी लाशें बिछ जायें, शादी तो यहीं से होगी और होकर रहेगी। शहर के दूसरे हिस्से में लोग प्रण कर रहे थे। अपनी आबरू पर शान चढ़ा रहे थे।

उधर सुना गया कि सुन्दरी के घर वाले यानी डॉन पिता जी भी ग़ुस्से में हैं, उन्होंने इस शादी से इनकार कर दिया है।

"मामला फँस गया।" लोग आते-जाते एक-दूसरे को ताज़ा जानकारी देते।

फिर से किंवदन्तियों की बाढ़ आ गयी। लोग दाँतों तले अँगुली दबा लेते–न उफ़! न अफ्फ़!

पर इस बार मामला अलग था। कहानी में सुन्दरी के पिता जी तलवार लिये जयचन्द की भूमिका में आते और तहस-नहस मचा डालते। लाशें कितनी गिरेंगी, लोग इसकी कल्पना करके काँप उठते।

"अब?" कोई पूछता।

"अब क्या? जो होगा, वही क़िस्मत होगी।"

"शाही की या तुम्हारी?"

चर्चा थमने का नाम नहीं ले रही थी कि वह शुभ दिन आ पड़ा।

हम उस वक़्त थोड़ा-थोड़ा समझदार हो रहे थे या अपने को समझदार वाली श्रेणी में मनवा लेने को विकल हो रहे थे। प्रेम-प्यार के प्रसंग पर इधर-उधर देखने लगते थे। माँ की कृपा से कभी-कभार देखी गयी फ़िल्मों के सबसे सुन्दर किन्तु सबसे

छिपाऊ प्रसंग को हम पहचानने लगे थे। दोस्तों को फ़िल्म की कहानी सुनाते समय प्रेम का सन्दर्भ आने पर कहते–"फिर उसे वो हो गया।" यहाँ 'वो' का मतलब प्यार था, जो साइलेंट में व्यक्त हो जाता था, सुनने वाला समझ जाता।

ऐसे समय में प्रेम का ऐसा साफ़, सीधा, घोषणायुक्त और चुनौती फेंकता एक प्रसंग हमारे लिए कल्पना लोक के साकार हो जाने जैसा था। हमने उस सुन्दरी को दुनिया की श्रेष्ठ सुन्दरी में पाया और उसके साहस पर मर मिटे। हमारे लिए नायक की भूमिका में शाही न होकर वह अज्ञात सुन्दरी थी, जिसकी एक झलक पाने को हम कितने आतुर थे, यह बताया नहीं जा सकता। तो वही थी, वही थी हमारा पहला प्यार...कोई खिलता गुलाब...कोई मीठी हवा...

तो बारात तय दिन और समय पर चल पड़ी। चलने के पहले दूल्हे ने भी शहर को एक घोषणा पत्र पढ़कर सुनाया था कि बारात जायेगी और इसी रास्ते जायेगी, कोई रोक सके तो रोक ले। जब तक वे दुल्हन की माँग में सिन्दूर नहीं भर देते, तब तक जो भी रोकने आगे बढ़ेगा लूला-लँगड़ा या काना या अल्लाह को प्यारा हो जायेगा...

बम भोले की गर्जना के साथ सैकड़ों गाड़ियों में, बन्दूक़ों से लैस सैकड़ों बाराती हवाई फ़ायर करते, कुछ लोग पैदल आतिशबाज़ी में नाचते, कुछ ज़िन्दा बम अपने शरीर पर बाँधे गाड़ियों के आगे लटके से, शहनाई बजाने वालों के पीछे-पीछे निकले कि पूरा शहर हिल गया। शहर का दूसरा फाड़ भी साहस की रेखा पारकर दुस्साहस की सीमा में घुस आया...आख़िर जीते जी कौन ऐसी बारात न देखना चाहेगा! लोग तर्क देते कि ऐसी बारात न देखी तो जीना बेकार है! इस जन्म का सार्थक होना इस बारात के देखे जाने में निहित हो चला। शहर टूट पड़ा...जो न निकल पाया, वो तड़प उठा कि उसका जन्म अकारथ गया। रह-रहकर हवाई फ़ायरिंग होती...मेला अपनी पूरी धज में आगे बढ़ता...इन्तज़ाम ऐसा था कि कोई नहीं जान पाया कि किस गाड़ी में दूल्हा बैठा है! लोग अनुमान लगाते कि जिस गाड़ी में फूल अधिक लगे हैं कि जिस गाड़ी को सिर्फ़ गुलाब से सजाया गया है कि जिस गाड़ी के आगे पीछे दस बुलेट वाले धायँ-धायँ से आकाश गुंजायमान किये हैं कि...बस, अनुमान, अनुमान...

दूल्हा दिखता नहीं था, बारात दिखती थी। जनश्रुति में यह भी एक संस्करण था कि दूल्हा पहले ही गन्तव्य पर पहुँच चुका है, शायद परसों ही चला गया था या शायद किसी और रास्ते आज ही निकला है...

बारात आगे जाती, पीछे काफ़िला बढ़ता जाता था...हज़ारों की बारात...

माँ हमें खींचकर अन्दर करतीं, हम उछलकर बाहर आ जाते। हम उस वक़्त टप्पा खाकर उछलने वाली गेंद में बदल चुके थे। इसलिए माँ के खींचने का असर

उल्टा होता था। माँ डरती थीं कि इसमें जान का जोखिम छिपा था। लेकिन हम उस अज्ञात सुन्दरी के प्रभाव में थे तो हमने भी लगे हाथ एक घोषणाकर डाली–'आज हमें बारात देखने से कोई रोक नहीं सकता। जो रोकेगा, वो हमारा मरा मुँह देखेगा।'

माँ जानती थीं कि पूरा शहर जिस नज़ारे को देख लेना चाहता है, वह आसान नज़ारा नहीं था। इसलिए उन्होंने हमें रियायत देते हुए छत पर से बारात देखने की बात कह दी। वे यह भी जानती थीं कि बारात हमारी छत से दिखाई नहीं पड़ेगी। बारात न तो मोहल्ले की इस गली से जानी थी न इसे जोड़ने वाली मेन रोड से। तब भी उन्होंने हमें छत पर जाने की बात कही। शायद उनके पास और कोई रास्ता नहीं था तो हमें कुछ सुकून देने या कुछ बहला-फ़ुसला देने जैसा यह उपाय था। छत पर जाते ही हमें समझ आया कि हमारे साथ धोखा हुआ है और हम किसी की भी पकड़ से बाहर होते हुए दौड़ते-दौड़ते चौराहे तक पहुँच गये। कुछ लोगों का मानना था कि बारात का नज़ारा यहाँ से नज़र आयेगा। बारात जाने वाली सड़क उस सड़क से जुड़ती थी। इसलिए उम्मीद भी जुड़ती थी। हमारे भागने में हमने बहुत से लोगों को भागते पाया था। ख़ासकर मोहल्ले के लौंडे ऐसे उत्साह में चले आ रहे थे मानो उन्हें अपने भाई की बारात में नाचना हो...

मैं, मेरी बहनें और हमारे दोस्त दौड़कर चौराहे के पास ही एक घर में घुसे। कई बार पीटने के बाद अंकल जी ने भुनभुनाते हुए दरवाज़ा खोला और बताया कि आंटी जी अपनी दोनों लड़कियों के साथ छत पर हैं। ये हुई न बात! हमारी बाँछें खिल गयीं। हम सब उनके घर को अच्छी तरह जानते थे। हालाँकि उनकी लड़कियाँ हमसे उम्र में बहुत बड़ी थीं और हमें देखते ही पूछने लगती थीं कि तुम लोग नहाकर बदन में कौन-सा तेल लगाते हो या कौन सी क्रीम चेहरे पर लगाते हो, हम लोगों की दिलचस्पी क्रीम पाउडर में एकदम नहीं होती, इसलिए हम कोई ऐसी बात कहते, जिससे दोनों बहनें हैरान हो जातीं। जैसे कि हम कहते गोबर में गंगाजल मिलाकर चेहरे पर लगाने से निखार आता है या बदन पर सरसों के तेल में ज़रा-सा सामुद्रिक मिट्टी घोलकर लगाने से चमक आती है। साथ ही हम यह बताना न भूलते कि ये सब हमारी नानी की ख़ास विधियाँ हैं, लड़कियाँ उदास हो जातीं। कभी-कभी वे हमारे घर सामुद्रिक मिट्टी देखने भी आतीं और शायद मन ही मन थोड़ा-सा माँगकर ले जाने भी। पर हर बार वही मिट्टी ख़त्म हो चुकी होती। ये हम कभी जान नहीं पाये कि दोनों लड़कियों ने गोबर में गंगाजल मिलाकर चेहरे पर लगाया या नहीं। पर जो भी हो, हर बार हमारे पास एक नयी विधि होती, जो प्राय: इतनी काल्पनिक होती कि उसे पूरा कर पाना सम्भव न होता। ये सब विधियों का आइडिया हमें तरह-तरह की जादुई कहानियों से आता था। तब हम लड़कियों की मनोदशा और सौन्दर्य बनाये रखने के प्रति सामाजिक दबाव को बिल्कुल नहीं समझते थे। हमें अपने काम से

मतलब होता था और लड़कियाँ या उनके माता-पिता उसमें रुकावट बनने लगते थे तो उन्हें एक तरफ़ करने का सबसे आसान उपाय कोई मनगढ़न्त सौन्दर्य विधि बताना होता था, जिसके साथ कई बार यह भी जुड़ा होता कि हमारी माँ इस विधि का पालन कर चुकी हैं। हमारी माँ का रंग गोरा और दमकता हुआ था और वे पढ़ी-लिखी थीं तो उनके द्वारा किसी विधि का इस्तेमाल विश्वसनीय भी था और कारगर होने की सम्भावना रखता था। माँ से अव्वल तो कोई पूछता नहीं, पर अगर कोई यह हिम्मत कर ही जाता तो माँ का हमेशा एक ही जवाब होता—'सौन्दर्य प्रसाधन की फ़ुरसत कहाँ है! कौन ये सब करे।' बात सच भी थी। पर लोग सोचते कि देखो तो कैसे अपनी विधियाँ हमसे छिपा रही हैं। और हमसे उन विधियों की जानकारी निकलवाकर लोग अपने को होशियार समझने का सुख पाते।

पता नहीं होशियार कौन था!

तो जब तक वे पुदीना रगड़ती या गेंदे के पत्ते से रस निचोड़कर एक गिलास रस तैयार करतीं, हम उनके पीछे के दरवाज़े से निकलकर उन्हीं के अहाते में पड़ने वाले जंगली पेड़ पौधों को नाप चुके होते और जंगली बेर या जंगली जलेबियाँ (एक जंगली फल) अपने-अपने तरीक़े से इकट्ठाकर वापस जाने के लिए मुड़ चुके होते...

तो हम सब उसी घर में साधिकार घुसे थे और अंकल जी के रोकने-टोकने की परवाह किये बिना छत पर चले गये थे। वहाँ आंटी जी अपनी दोनों लड़कियों के साथ टहल-टहलकर बारात का इन्तज़ार कर रही थीं। पहली बार हमें लड़कियाँ बेहद मरियल और बुढ़ापे की तरफ़ पाँव रखती दिखीं, पल भर को मैं ठिठक गयी। अपनी ज़बान पर तेज़ी से दौड़ आया सवाल मैंने दबा लिया कि 'अरे दीदी, आप लोग इतनी बूढ़ी कैसे हो गयीं?'

सवाल-वबाल कर सकता था और इस वक़्त हम बारात देख लेने के अपने उद्‌देश्य को ज़रा भी कम नहीं करना चाहते थे। लेकिन लड़कियाँ सवाल भाँप गयीं। वे एक दिन में बूढ़ी नहीं हुई थीं। समय ने उन्हें रोज़ थोड़ा-थोड़ाकर के बुढ़ापे की तरफ़ ढकेला था। उनकी शादी न जाने किन-किन वजहों से नहीं हो पाती थी, इस 'न हो पाने का बोझ' उनके कन्धे ढोते थे और निगाहें शून्य में अपना रास्ता खोजती थीं। ज़्यादा बोझ कन्धों को झुकाता चला जाता था और निगाहें शून्य में अटकी-भटकी सी छूट जाती थीं। इन्हीं को देखकर मैंने मन-ही-मन कई बार प्रश्न किया था कि क्यों शादी ज़रूरी है? एक दिन स्कूल में जब इतिहास का पाठ ख़त्म करके कक्षा अध्यापिका बार-बार बच्चों से पूछ रही थीं कि कोई सवाल है? तब मैंने हिम्मत करके पूछा था—"शादी क्यों ज़रूरी है?"

सवाल ग़लत व्यक्ति से किया गया था और ग़लत समय पर किया गया था। इतिहास के पाठ में 'शादी' शब्द आया ही नहीं था। दूसरे कक्षा अध्यापिका बिना शादी के बूढ़ी हो चुकी थीं और समय के वार झेलते-झेलते ज़्यादा चिड़चिड़ी, कठोर व कर्कश होकर हम सबमें भय बोती थीं। वे मेरे प्रश्न से हकबका गयीं। कुछ देर खड़ी रहीं फिर ग़ुस्साकर उन्होंने खा जाने वाली निगाह से मेरी तरफ़ देखा और पैर पटकती कक्षा से बाहर चली गयीं। उनकी निगाह से मुझे समझते देर न लगी कि अब कभी भी किसी दूसरे सवाल पर घेरकर मेरी पिटाई का कोई दिन आने ही वाला है। हे प्रभु! न्याय कहाँ है?

आज इन लड़कियों को देखकर मुझे पहली बार उनके असमय बूढ़े हो जाने का दु:ख हुआ। क्यों हुआ? यह मैं ख़ुद नहीं जान पायी। पर पहली बार उन्हें गोबर में गंगाजल मिलाकर लगाने की विधि बताने में मुझे झिझक हुई।

दोनों लड़कियाँ भी चिड़चिड़ी थीं और इस वक़्त भी चिड़चिड़ करते हुए बारात का इन्तज़ार कर रही थीं। हमें चिड़चिड़ाते लोग पसन्द नहीं आते थे पर इस वक़्त हम ऐसी छोटी-छोटी पसन्द-नापसन्द को अपने उद्‌देश्य के आगे नहीं आने दे सकते थे। सो हम उन्हें झेलते हुए छत पर उन्हीं की तरह टहल-टहलकर बारात का इन्तज़ार करने लगे। तभी दोनों चिड़चिड़ी लड़कियों के पिता जी हल्का-सा चिड़चिड़ाते हुए ऊपर चले आये। उनके आने से हमारे स्वप्न-लोक में विघ्न पैदा हुआ। हमने किसी तरह अपने स्वप्न-लोक में दो चिड़चिड़ी लड़कियों के साथ एक चिड़चिड़ी और रुखी-सी आंटी जी को एडजस्ट कर लिया था, अब इन चिड़चिड़ाते सज्जन को समायोजित करना!

उद्देश्य के आगे छोटी-छोटी पसन्द-नापसन्द की परवाह नहीं की जा सकती थी। वे उद्देश्य की तरफ़ बढ़ते क़दमों को कमज़ोर कर सकते थे और उनकी तीव्रता को भोथरा।

हालाँकि यहाँ से भी चौराहा, जिसके एक मोड़ से बारात का हिस्सा दिखने की उम्मीद थी, बहुत नज़दीक नहीं था। पर इस बात की तसल्ली बनी हुई थी कि न सही पूरी बारात, उसका कुछ हिस्सा तो हमारी नज़रों की ज़द में आ ही जायेगा।

"का हो, न दिखल अबहिन तक? सुने हैं कि चल पड़ी है।"

अंकल जी के दो मित्र भी चले आ रहे थे। कुछ देर में उनकी छत पर भारी भीड़ आ जुटी। सामने और आसपास की छतों पर लोग लटक आये थे। मेरे मोहल्ले

के लोग इस मोहल्ले में उमड़े चले आ रहे थे...बारात की आवाज़...आतिशबाज़ी की रोशनी...हवाई फ़ायरिंग का रोमांच...कारों, जीपों, मोटरसाइकिलों की गर्जना...

एक बारात की गवाही दे रहा था शहर...

एक बारात, जैसी कि पहले कभी नहीं निकली...

ब्लर्ड को कैसे लिखा जाये? डॉ सूजा से पूछना है—नीली।

याद का कोई किनारा होता है?

"तब शाही और गजेन्द्र सिंह का ज़माना था। लेकिन दो शेर एक माँद में कहाँ रह सकते थे?"

पाण्डे भैया कह रहे थे। वे भी मेरी तरह पुराने दिनों में अचानक कूद गये थे। माँ कुछ न कहकर पहले की तरह ही अपना माथा रह-रहकर सहलाती थीं। उन्हें इन बातों में कभी भी रस नहीं आया था। और अब ऐसे वक़्त, जब कि पिता जी जा चुके थे, वे इन स्मृतियों से भी भागना चाह रही थीं।

"भैया, पापा कहते थे कि ऐसे शेरों का जीवन छोटा होता है।"

फिर पिता मेरी आँखों में उतर आये। माँ ने इस बार मुझे कुछ नाराज़ भाव से देखा। वे शायद ऐसी कोई चर्चा नहीं चाहती थीं। पिता, जो बार-बार अपने निज को लाँघकर समाज और दुनिया जहान के हो जाते थे। माँ अपने निज से बाहर नहीं हो पाती थीं। लड़कियाँ माँ के लिए दु:ख का कारण थीं और लड़के का इन्तज़ार उम्मीद की किरण। लेकिन उनके जीवन में ऐसी उम्मीद की किरण नहीं लिखी थी तो उन्हें लड़कियों से ही काम चलाना पड़ा। जबकि वे अपनी ही लड़की के पास रहकर सेवा करवा रही थीं, तब भी वे लड़की को महत्त्व नहीं दे पाती थीं।

"दामाद अच्छे हैं जो यहाँ रख रहे हैं।"

माँ ने पिता जी के शिष्यों से यही एक दु:ख-भरी लाचारी कही थी। जबकि इस एक वाक्य में, छोटी के प्रयत्नों को व्यर्थ कर दिया गया था।

"आपको इसमें भी दामाद दिख रहे। मैंने झगड़ा किया। मैं अपनी ज़िम्मेदारी पर आपको और पापा को रख रही थी। उससे पहले कहाँ थीं आप? नीली दीदी के पास? वहाँ कौन सा दामाद बैठा था? आपका ये दामाद राग..." छोटी अपने स्वभाव के साथ, जो उसने अर्जित किया था, ज़ोर से झपटी। पर इस झपटने में एक बात थी कि कहीं-न-कहीं उसके मन में मेरा होना बाक़ी था। या यों कहूँ कि उसकी इसी बात के भीतर मेरा स्वीकार कहीं-न-कहीं बचा था!

माँ तुरन्त बैकफ़ुट पर आ गयीं। लेकिन अपनी बात को उन्होंने पलटा नहीं। अलबत्ता गिरधर भैया धीरे से बोले–"अच्छा, अच्छा। जाने दो। उनकी माने दामाद जी की मर्ज़ी तो है ही इसमें।" यह रास्ता ज़रा बीच का था। छोटी और भी बहुत कुछ कहना चाहती थी, जैसे कि माँ को कभी हमारी मेहनत दिखायी नहीं पड़ती। हम कुछ भी इनके लिए कर दें, कम ही होता है। दामाद कुछ न करें, पर वही इनके प्रेमपात्र हैं। पर इस बीच के रास्ते और शोक के मौक़े ने उसकी ज़बान रोक दिया।

"निजी राग-विराग के लिए दिखायी गयी हिंसक बहादुरी टिकाऊ नहीं होती। यह हमने गुरु जी से समझा था।"

उपाध्याय भैया दु:ख में डूब कर कह रहे थे। और शाही की मृत्यु का दृश्य उनके सामने आकार ले रहा था।

चाहे कोई कितना बहादुर हो, सकारात्मक उद्‌देश्य के बिना बहादुरी यादगार नहीं रह जाती।

कितनी पीढ़ियों तक उनकी बहादुरी यादगार होगी? जबकि श्यामा, अन्नू, छोटी की यादगार से वह कब की फिसल चुकी है। और छोटी का बचपन का साथी निक्की तो जैसे माधोपुरा को जानता ही नहीं! मेरा सहपाठी विनय, वह भी कभी भेंट होने पर माधोपुरा की बातों को याद नहीं कर पाता! एक शहर का अपने में डुबाकर निर्लिप्त छोड़ देने का यह अद्‌भुत चरित्र है!

"बच्ची, हमें कोई बताया काहे नहीं? हम फ़ैज़ाबाद में थे, तभी बड़के ठाकुर साहब के लड़का भेंटा गये। बाबू जी के बारे में यस सूचना कि कलेजा हिला दिया..."

मेवालाल, हमारे घर का पुराना सेवक बैठक के उसी दरवाज़े से अन्दर आया। पिता जी की तस्वीर देखकर हिचका, फिर इधर-उधर जगह न पाकर ज़मीन पर बैठ गया।

"वो समय और ही था।"

उसे पिता जी की तस्वीर की तरफ़ देखकर ठिठकने पर पाण्डे भैया बोल पड़े।

उपाध्याय भैया ने लम्बी साँस खींची।

"हाँ, शाही के जाने के बाद तो समझो एक अध्याय का अन्त हो गया।"

"अन्त की शुरुआत तो उनकी शादी के दिन ही हो गयी थी।"

शाही की शादी की सफलता के धूम-धड़ाके ने अचानक हमें बेचैनी से भर दिया था। इस धूम-धडा़के के भीतर छिपी रोने की आवाज़ हमारे दिलों से

निकल रही थी– हमारा था एक भाई रामफल। और हवाई फ़ायरिंग के नाम पर शिकार लोगों में एक देह उसकी भी इस जहाँ से उठी थी! ये हम ही थे, जिन्हें पकड़कर थप्पड़ मारते हुए घर लाया गया था, क्योंकि ये हम ही थे, जो रामफल की लाश के पीछे-पीछे श्मशान तक चले जा रहे थे–बेसुध, अपने प्रियजन की याद में बिलखते...छटपटाते...

इसी के बाद तेज़ी से समय ने करवट ली थी और शाही ने एक जंगल में दो शेरों के युद्ध को हमेशा के लिए विराम देना चाहा था। वे जाकर बड़े शहर रहने लगे थे और अब बाक़ायदा विधानसभा चुनाव में खड़े होने वाले थे। माधोपुरा का जातिवादी गणित, बड़े शहर से भिन्न था। माधोपुरा का कुछ-कुछ देसी आधुनिकता की लय में बहता और अधिकांश जड़ता में सुस्ताता चरित्र भी बड़े शहर से भिन्न था। माधोपुरा, प्रच्छन्न बहादुरी पर दिलोजान से फ़िदा हो उठने वाला छोटा-सा क़स्बाई नगर था। बड़ा शहर राजनीतिक सरगर्मियों को जीता राजनीति की कर्मभूमि बन रहा था। शाही बड़े शहर को समझने की कोशिश में लग गये। एक दिन ऐसा आया जब उन्होंने अपनी स्वतन्त्र पार्टी से चुनाव लड़ने की घोषणा कर दी। इसी के बाद उन्हें गोलियों से छलनी करने की घटना घटी, जिसमें उनकी जान इसलिए बच गयी कि उनके एक बॉडीगार्ड ने, उनके सिर और छाती को अपने बदन से ढँक लिया था और गोलियों की बौछार से सहस्र छिद्रों वाली उसकी देह पोस्टमार्टम के लायक़ नहीं रह गयी थी। शाही का पूरा पैर और बाँह गोलियों से छलनी हो गया। शाही को देखने तब माधोपुरा से बड़े शहर तक भीड़ का उमड़ना लोगों ने देखा था। लेकिन हर बार शाही को ऐसे ही कोई बॉडीगार्ड अपनी देह से ढँक ले जाये, यह सम्भव नहीं रहा। और यह भी सम्भव नहीं रहा कि गोलियों से छलनी बाँह और पाँवों को पहले की तरह काम पर लगाया जाये। उधर बड़े शहर में नया उभरता गैंग अपनी जगह घेर रहा था और शाही उसकी राह में बेकार ही खड़े मिलते। इस नये गैंग के सरगना थे शिवशम्भु तिवारी। इस बात की सच्चाई आज तक नहीं जानी जा सकी कि विधान सभा चुनाव का पर्चा भरने के दिन नज़दीक आ रहे थे और उसी बीच शाही पर दुबारा वैसा ही छलनी कर देने वाला अटैक हुआ, इस बार उनके सिर और छाती को कोई नहीं ढँक सका। इस बार उनकी निष्प्राण देह के पास उनका पाँच साल का बेटा खड़ा रह गया...

"हूँ..." माँ ने उसी नाराज़ भाव से छोटी की बात पर कहा।

इस 'हूँ...' का अर्थ कुछ भी लिया जा सकता था। जैसे कि तुम क्या मुझे रखोगी? मैं तुम्हें रख रही हूँ आज भी।

बात तो यह भी सही थी। छोटी का पति कोई नौकरी नहीं कर रहा था और उनका घर माता-पिता की पेंशन और पति के गाँव से आये अनाज, तेल वग़ैरह की बदौलत चलता था। पर इस बात को अक्सर ही जताकर छोटी को आहत करते रहना सही नहीं लगता था। छोटी इस जग ज़ाहिर अपमान को सहती नहीं थी, रणचण्डी की तरह उमड़कर बदला लेती थी। ऐसा नहीं था कि उसने अपने लिए नौकरी नहीं पानी चाही थी। उसने अपनी बी.एड. की डिग्री सिर पर उठाये जाने कितने सहस्त्र आवेदन भरे और साक्षात्कार दिये थे। अन्ततः उम्र के बढ़ते जाने और साथ-साथ निराशा के बढ़ते जाने से उसने हार मानकर अपनी जिह्वा पर ज़हर रख लिया और सारे प्रयत्नों को विराम दे दिया। किसी तरह का सोर्स लगवा पाना पिता जी के वश में था नहीं, सो उम्मीद का दामन अधिक नहीं खींचा जा सका।

ऐसे ही छोटी को समय ने गढ़कर हमारी नन्हीं प्यारी छोटी से अलग एक दूसरी छोटी में बदल दिया था!

समय की गढ़न्त बड़ी कठोर होती है!
हम सबको गढ़ती हुई क्या से क्या बना देती है!

क्या मुझे भी समय ने कुछ और बना दिया था!

अचानक मेरा ध्यान अपनी तरफ़ गया?

आख़िर मुझे अपनी बहनों के कटु वचन इतना आहत क्यों कर रहे? क्यों मैं उन्हें खींचकर अपने गले से लगा जी भर नहीं रो पा रही?

मैं अपने ही ख़यालों में डूबी अपनी जगह से उठ खड़ी हुई, पता नहीं किन भावों से भरकर श्यामा की तरफ़ बढ़ी कि तभी श्यामा ने हाथ के इशारे से, जिसे नज़रअन्दाज़ कर जाने के कारण उसने कुर्सी के पास रखे स्टूल पर ठक्-ठक् मारकर मुझे चेताया...

मैं अछूत!?!?!

कॉपी भरने वाली है। डॉ. सूजा से अप्वाइंटमेंट लेना होगा। गीत को कहूँगी–नीली।

दिवा स्वप्न या याद के जंगल में शोर का बगूला

उन दिनों मेरी आँखों ने अपना हल्का हरा रंग खो दिया था...जैसे किसी भूत-पिशाच की सफ़ेद आँखें बनायी जाती हैं या किसी मुर्दे की रंगहीन आँखों की कल्पना की जाती है, वैसे ही उन दिनों मेरी आँखों से रंग बहकर जाने किस दिशा, वायु, आकाश, माटी...जाने कौन से तत्त्व में घुल गया था–निष्प्रभ, निष्प्राण आँखें!!!

मुझे देखकर कोई डर सकता था–माँ भी डरीं–हाथ-पैर सूखकर काँटा हो गये थे, तिस पर आँखें फूले हुए छोटे से सफ़ेद बैंगन की तरह उभर आयी थीं...

"अबकी नहीं बचेगी क्या?" माँ ने चिन्ता से मुझे देखा था और घर के लगातार चलने वाले छोटे-छोटे कामों में मेरा दौड़ना कम हो गया था या कम कर दिया गया था या शायद मुझसे हो ही नहीं पा रहा था...

माँ ने मेरे लिए सरसों के तेल में अजवाइन-लहसुन गरम करवाकर मालिश की व्यवस्था करायी थी। उन दिनों मैं सरसों की अजवाइन-लहसुन वाली गन्ध से घिरी रहती और इसी गन्ध से मेरी उपस्थिति पहचान ली जाती, तब भी मौक़ा लगते ही मैं 'क्यों, कैसे?' जैसे सवाल की अपनी आदत से बाज़ न आती।

"इसकी शादी नहीं हो पायेगी।" एक दूसरी चिन्ता भी तैर रही थी। पड़ोसी, मोहल्ला...सबके माथे पर शिकन थी।

"वाक्य होना चाहिए 'ये कभी स्वस्थ नहीं हो पायेगी'।" तब मैंने वाक्य सही कराने की एक कोशिश अपनी कमज़ोर-सी आवाज़ में की थी।

ज़ाहिर था कि ये बात भाने वाली नहीं थी। सो किसी को नहीं भाई। लेकिन पिता जी थे न, मुहर लगाने के लिए। उन्होंने झट कहा–"चिन्ता सेहत की हो तो कोई बात है।"

"शह देते हैं। उद्दण्ड बनाते हैं।'

यह माँ के न कहे गये बोल थे, जो किसी लोहे की स्लेट पर ख़ुदे थे और वक़्त की रोशनी पड़ते ही चमक उठते थे।

कोई नौ दस साल की थी मैं, पर लगती थी चार पाँच साल की मरगिल्ली-सी बच्ची। प्राणहीन आँखों वाली मुझे लिये पिता इलाज के लिए इधर-उधर भटकते हुए आख़िरकार बड़े शहर के मेडिकल कॉलेज पहुँचे। वहाँ कई दिनों के संघर्ष और परेशानियों को जैसे-तैसे झेलकर, न जाने कौन-सी हज़ार-हज़ार दवाओं की पोटलियाँ बाँधे हम लोग निकल ही रहे थे कि जो सूचना मिली, उसने पिता जी के पाँव वापस अस्पताल के भीतर मोड़ दिये–आईसीयू वार्ड की तरफ़।

आई.सी.यू से बाहर एक प्राइवेट वार्ड के कमरे में शाही लिटाये गये थे। बाहर दो गार्ड पहरा दे रहे थे। पिता जी को गार्ड ने रोक दिया तो शाही भीतर से दहाड़े–"अन्दर आवै दो गुरुजी को।"

शाही ने पिता जी की आवाज़ सुन ली थी। शाही की रोबीली आवाज़ ने अस्पताल के अजीब डिटॉल गन्ध वाले वातावरण को झनझना दिया। उस क्षण पिता जी इतने गद्गद हुए कि भूल ही गये कि दुनिया का एक निरीह प्राणी रंगहीन आँखें लिये उनकी अँगुलियों को अपनी मुट्ठी में पकड़े लटका चला आया है। वे झटके से अन्दर गये और शाही के बिस्तर के पास जाकर उतने ही झटके से रुक गये।

अन्दर का दृश्य मेरी कल्पना से अलग था–

शाही का दोनों पैर प्लास्टर से भरा था। एक पैर, बिस्तर के ऊपर एक रॉड के सहारे टँगा था, उसके नीचे लकड़ी का पतला पट्टा बँधा था। एक हाथ प्लास्टर में लिपटा था, माथा, छाती...सब तरह-तरह के घाव को ढँकने वाली पट्टियों से घिरा... वे न उठ सकते थे न चल सकते थे...सब कुछ स्थगित!! सब कुछ ठहरा हुआ!!

उन्होंने बिना प्लास्टर वाले हाथ से प्लास्टर वाले हाथ को मिलाकर हाथ जोड़ने की मुद्रा बनायी थी और मुँह से सिर्फ़ एक शब्द 'प्रणाम' दोहरा रहे थे। पिता जी ने उस बिना प्लास्टर वाले हाथ पर अपना हाथ छुआया, सिर सहलाने की वात्सल्य भरी इच्छा उनमें उभरी, पर तमाम तरह की पट्टियों और सिर पर कैप जैसी किसी चीज़ के कारण उनकी इच्छा वहीं तड़पकर रह गयी। पता नहीं पिता जी की हाथ की उस छुअन में क्या था कि शाही की बायीं आँख की कोर से एक नदी सिमटकर, एक नन्ही-सी बून्द बन ढुलक आयी...

पता नहीं पिता जी 'एक ही मनुष्य जीवन मिला है' वाले अपने पुराने मुहावरे में क्या कह रहे थे कि मुझे एक गार्ड ने कोकाकोला की एक बोतल थमा दी और पिता जी के चेहरे के भाव से मैं समझ गयी कि ये मेरे पीने के लिये ही है और मैं धीरे–धीरे बोतल में फूँक मारकर झाग बना-बनाकर कोकाकोला पीने लगी। बीच में जब मैं ऊपर देखती तो बस इतना दिखता कि शाही अपना बिना प्लास्टर वाला हाथ बार-बार प्लास्टर वाले हाथ से मिलाकर 'प्रणाम' जैसी मुद्रा में हैं।

"ऐसा सब हम कहाँ चाहते थे। बस, फँसते चले गये।" शाही कुछ ऐसा कह रहे थे। उनके स्वर की दहाड़ अब नहीं रह गयी थी।

"हिंसा से हिंसा की शृंखला बनती है, उसे ख़त्म नहीं करती..." पिता जी कुछ ऐसा बोल रहे थे।

कोकाकोला की बोतल देर तक पकड़े रहने से मेरी बाँह में, उस जगह जहाँ इंजेक्शन लगा था, दर्द होने लगा तो मैं रोने की इच्छा से अपने को रोकने लगी।

पिता जी इतने अधिक भावों में घिरे, शाही के कमरे से ऐसे निकले कि उन्हें अब भी अपनी अँगुली में फँसी एक मरगिल्ली-सी लड़की का ख़याल नहीं था। वे तेज़ी से चलते जाते थे, कुछ सोचते जाते थे...मैं उनकी अँगुलियों में लटकी उतनी ही तेज़ी से घिसटती जाती थी...

यही वह वक़्त था, जब सूरज बैठक के दरवाज़े से बाहर जा चुका था और शोर के अचानक उठे बगूले ने ख़बर का सिरा उधेड़ दिया था।

"आप भी अजब सोती रहती हैं! यहाँ महाभारत ख़त्म हो गया! जिसको भागना था, भाग गया।"

चिंटू भैया ने अपनी चिरपरिचित आवाज़ में बड़ी अजीब-सी लापरवाही से कहा।

"मतलब?"

"आपके मतलब लगाने से भागने वाला रुकेगा?"

"धीरज?" बिल्कुल वही होंगे। मुझे लगा कि ऐसा तो होना ही था। इतने अपमान के बाद यह कोई आश्चर्य की बात नहीं थी।

"अरे नहीं! ध्यान केन्द्रित नहीं है आपका।"

"कौन?"

वर्तमान में मेरे सामने श्यामा और अन्नपूर्णा मिलकर माँ को कन्धे से सहला रही थीं। माँ अपनी खटिया पर बैठी थीं। छोटी की आवाज़ कमरे से बाहर तक चिंगारी की तरह छिटक रही थी–"तुम्हारी वजह से हुआ सब। एक नम्बर के कामचोर बाप हो तुम। बच्चा भी नहीं देख सकते...सौ कुत्ते मरे होंगे तो..."

"कुत्ते नहीं हरामी..." चिंटू भैया ने सुधारने की कोशिश की।

"हरामी, हाँ, हाँ, ठीक है...अरे राम, घर से किसे भागना चाहिए और भागा कौन?..." फिर छोटी और अधिक जान लगाकर धीरज की तरफ़ झपटी–"ये भिखमँगा भागता तो घी के लड्डू बाँटती, लेकिन मेरा बच्चा...इसने मुझे धोखा दिया...नौकरी की थी इसने सिर्फ़ शादी करने के लिए। शादी होते ही नौकरी छोड़ के बैठ गया।

बाप की जायदाद तो है ही। तू तो खा लेगा। लेकिन मेरे बच्चे कैसे पढ़ते-लिखते... तुझे क्या फ़िकर..."

"भाग जाऊँगा मैं भी। फिर रहना यहीं मालिक बन के..." धीरज ने मुँह इधर-उधर घुमाते ग़ुस्साकर कहा और दरवाज़े की तरफ़ बढ़े। लेकिन धीरज का ज़हरबुझा तीर बेअसर गया। छोटी अपनी पुरानी ज़िन्दगी के सारे दु:ख-दर्द के दरवाज़े एक साथ खोल बैठी–

"और मैं? कितना भटकी, कितनी कोशिश की नौकरी पाने की...लेकिन नौकरी मेरे नसीब में नहीं आयी...मन करता है सारी डिग्री उठाकर आग में झोंक दूँ...यही डिग्री-डिग्री कहते रहते थे पापा...किस काम आयी...झाड़ू-बर्तन के काम आयी... अरे नौकरी मिली होती तो नीली दी की तरह मैं भी ऐंठ के रहती...लेकिन मेरे नसीब में तो बँधुआ मज़दूर बनना लिखा था...चाहे अपने माँ-बाप की कर लो, चाहे धीरज के माँ-बाप की...करना तो चाकरी ही था...अब तो ये भी किसी को नहीं सुहाता... मेरे माँ-बाप के पैसे पे पल रहे मेरे बच्चे, ये दिखता है, मैं इनकी लैट्रिन बाथरूम उठाऊँ, वो किसी को नहीं दिखता..."

छोटी अब तटबन्ध तोड़कर ज़ार-ज़ार रो रही थी। दु:खी, हताश, जीवन-संघर्ष में मात खायी-सी...

हारे हुए के साथ खड़ा होना कई बार कितना ज़रूरी होता है...
या हारे हुए के साथ खड़ा होना हार जाना होता है
या हर बार हार जाना नहीं होता...

तभी किसी की बड़बड़ाहट उभरी, मानो इस स्वर को पस्त कर डालना चाहती हो–

बड़बड़ाने वाला अचानक रुक गया...

धीरज किचन की तरफ़ कोने वाली कुर्सी पर बैठकर रोने लगे–ज़ोर-ज़ोर से–पहली बार किसी नदी ने तटबन्ध तोड़ा था...

"पुलिस-वुलिस का मामला हो जायेगा..."

माँ ने छत की तरफ़ देखकर आप्तवाक्य फेंका।

"पुलिस!"

लगता है हर आदमी बीमार है...
कि सारा समाज ही मानसिक बीमारी की चपेट में फँसा...
कि सारी दुनिया किसी गहरी निराशा में छटपट करती...
सबको इलाज की ज़रूरत थी...

डॉ. वी. सूजा की याद बरबस चली आयी और नीली के हाथ में फँसा पन्ना फिसल कर नीचे गिर गया...

"टुन्नन, और कौन।"

चौंककर नीली ने ख़बरिये को देखा।

"अरे मतलब? भाग कैसे गया? दोस्तों को फ़ोन कर के देखो।"

"क्या मासी! भागना मतलब भागना। मतलब दूसरी जगह की खोज।" नैना ने खुलकर कहा।

"चुप!" अन्नपूर्णा की आवाज़ गूँजी।

"मुझे क्या चुप कराती रहती हो। तुम्हारे रोके से कुछ रुकेगा?"

"मगर टुन्नन कैसे?"

नीली अभी तक हैरानी की दुनिया से बाहर नहीं आ पा रही थी। टुन्नन तो कमरे के एक कोने में पड़ा रहता, बहुत कम बोलता, मोबाइल पर कुछ सुनता, देखता रहता...छोटी कहती आईआईटी की तैयारी कर रहा है। फिर कैसे?

–भागना मतलब भागना –नीली

कोई दिन कि एक ख़त

एक ज़रा-सा सपना खुलता टूटता सा...

समय–भोर का तारा देखते हुए।

प्रिय ~~श्यामा, अन्नपूर्णा, छोटी, मेनू जी...धीरज...चिंटू भैया...टुन्नन...नैना...~~

(नाम क्या लिखना, जो भी पढ़ता जाये अपना नाम जोड़ता जाये...)

कभी न लिखा जाने वाला यह ख़त आख़िर लिख दिया गया। एक अदेखा... देखने को ललकता सपना, जो टँगा है कि कब वह राह मिले और वह सरककर, रेंगकर, अड़सकर, अकड़कर...कैसे भी सपनों के ज़रा से रोशनदान से घुस आये... वही कि वह रोशनदान ज़रा और बड़ा होता जाये, इतना, शायद इतना बड़ा कि एक रोज़ मैं उठूँ और तुम सबको उसी रोशनदान में बैठा, खेलता, खिलखिल करता, नहाता, झगड़ता, दुलराता...पाऊँ–रोशनी–अपने भीतर से निकलती...रोशनी–अपने बाहर से पकड़ में आती...

स्मृति का एक टुकड़ा तुम्हारे हाथ में थमाने की ज़िद के साथ...

दुनिया में छूटा तुम्हारा ही एक सपना...

–नीली

आख़िरी पन्ना : ऊबड़-खाबड़ लिखावट से बाहर

डॉ. वी. सूजा को सपनों भरी कॉपी हैंडओवर करने के लिए उनकी क्लीनिक में नीली का इन्तज़ार...
